Le Champ de bataille

Du même auteur

Éviter les péages
Allary Éditions, 2015

Jérôme Colin

Le Champ de bataille

ALLARY ÉDITIONS
RUE D'HAUTEVILLE, PARIS X^e

À mes enfants,
À Colette

« Demain ? Que sais-je de demain ?
Ici, il y a tout l'aujourd'hui qu'il faut. »

Erri De Luca

Je peux rester ici de longues minutes à regarder mes pieds. La pièce fait deux mètres carrés tout au plus. Pierre bleue au sol et motif fleuri sur les murs. C'est Léa qui a choisi. Confort d'assise optimal, cuvette en céramique, protection anticalcaire, fermeture amortie, mécanisme trois ou six litres pour l'économie d'eau. C'est ma forteresse. Je m'y enferme avec la certitude que personne ne viendra m'y déranger. Laisser les gens déféquer en paix est l'une des dernières règles que l'on respecte encore dans cette maison.

Le pantalon à mi-jambes, je lisais un article sur le Hiram Bingham, train mythique qui traverse le Pérou de Cuzco au Machu Picchu à travers les Andes, lorsque j'entendis le grincement de la porte d'entrée et le pas lourd de mon fils aîné. Je pris le temps de terminer ma lecture et après avoir tiré la chasse, jetai un dernier coup d'œil à la cuvette en céramique. Un réflexe qui me permet de laisser le petit coin dans l'état où j'aimerais le trouver.

Il avait l'air inoffensif, affalé sur le divan, le téléphone portable sur les genoux, la télécommande de la télévision dans une main et un paquet de chips dans l'autre. Depuis un an, il s'était pourtant méthodiquement appliqué à mettre notre famille à feu et à sang. À l'école, les notes de comportement s'étaient accumulées et la situation s'était détériorée avec un certain nombre de professeurs. Après Noël, il avait écopé de trois jours de renvoi pour avoir uriné avec un ami sur la porte de sa classe de religion. Sous la menace d'un programme d'accompagnement personnel, un léger mieux s'était fait sentir dans la dernière ligne droite. Le conseil de classe avait donc finalement accepté de le réinscrire.

Une nouvelle année scolaire débutait, que nous espérions meilleure que la précédente.

Il me dit bonjour sans même lever la tête et souffla lorsque je lui demandai son journal de classe. D'un signe de tête, il me désigna son sac à dos. « Si tu le veux, t'as qu'à le prendre », dit-il en augmentant le volume de la télévision. L'école avait repris depuis quinze jours et il n'y avait encore aucune note à l'horizon. Peut-être étions-nous en train de voir le bout du tunnel.

– Ça va à l'école, tu as de chouettes profs ?

– Ouais !

– Pour les livres et le matériel, tu as tout ce qu'il faut ?

– Ouais !

– Avec ta prof de religion, ça va mieux que l'an dernier ?

– Ouais…

– Et en maths, tu as qui cette année ?

– Oui, bon, tu commences à me faire chier !

– Surveille ton vocabulaire, ai-je dit.

– Non, tu me fais chier à toujours me parler de l'école.

Il a claqué la porte en criant « Boulet ! ». Il est monté dans sa chambre, où il a vraisemblablement piétiné les vêtements qui gisaient sur le sol. Il s'est affalé sur son lit. Il a regardé des vidéos de rappeurs débiles et probablement un peu de porno. Il s'est dit qu'il avait envie de prendre une douche. Avant de se raviser. Il fallait quitter son lit, descendre d'un étage, enlever ses vêtements. Trop fatigant. On me dit qu'il n'y est pour rien. Que la maturation de son cerveau est encore incomplète. Que le câblage de la substance blanche de son cortex préfrontal, responsable du contrôle des émotions, de l'organisation et de la capacité à se projeter dans l'avenir, n'est pas arrivé à terme. Que son cerveau n'est développé qu'à quatre-vingts pour cent. Et que ce sont les vingt pour cent manquants qui le rendent à ce point impulsif et incapable de ramasser ses caleçons. Bref, on me dit que dans le fond, il n'est pas idiot. Que c'est son âge, le problème. Je l'espère de tout cœur.

L'ennui avec les enfants, c'est qu'ils grandissent. C'est qu'un beau matin, sans prévenir, ils mettent des trainings, répondent par onomatopées, écoutent de la mauvaise musique, claquent les portes et ne parlent plus qu'avec des mots de moins de six lettres. Ça mange, ça dort, ça prend des douches, ça transpire, ça pue, ça coûte une fortune en crème antiboutons, ça change d'humeur toutes les six minutes, ça a le nez qui pousse. Ça se traîne du divan au lit en mettant un point d'honneur à vous rappeler que vous n'êtes absolument pas à la hauteur de votre rôle de père. Ça vous empoisonne. Ça vous déteste. Ça vous méprise. C'est cruel un enfant qui grandit. Sans compter le fait que ça gaspille des tonnes de papier toilette. Comble de tout, une fois dépassé le mètre cinquante, ça cesse de vous considérer comme Dieu en personne. Et ça, il faut l'encaisser ! Désormais vous n'êtes plus rien, juste un étranger programmé pour leur gâcher l'existence et les empêcher de vivre.

Ils ne savent pas qu'en réalité, vous êtes mort de trouille parce que vous avez lu dans la presse que le taux de mortalité augmente environ trois cents fois de l'enfance à la fin de l'adolescence. Et que les maladies n'y sont pour rien puisque la plupart des décès d'adolescents dans les pays développés sont causés par des accidents évitables. Le cancer tue les adultes. La connerie a raison des adolescents. C'est elle aussi qui massacre les belles histoires d'amour de leurs parents.

« Boulet », avait-il hurlé avant de quitter la pièce. Six lettres. Pas mieux que d'habitude. Il est redescendu une heure plus tard pour manger. Léa était rentrée. La table était mise. À sa mère, en balayant la pièce du regard, il a dit : « On voit que tu regardes *Un dîner presque parfait* ! » Ça les a tous fait rire. Pas moi. Soudain, je n'avais plus faim.

Paul est notre fils aîné. Il nous déteste par amnésie. Il croit que nous sommes apparus dans sa vie il y a quelques mois pour lui dire de ranger sa chambre et travailler à l'école. Avant, il n'y a rien eu. Nous n'avons pas pleuré de joie à sa naissance.

Nous n'avons pas cherché son prénom avec excitation. Nous n'avons pas fêté son premier anniversaire et tous ceux qui ont suivi. Nous ne lui avons pas montré la mer. Nous ne lui avons pas appris à faire du vélo. Nous ne lui avons pas torché le derrière. Nous n'avons pas tendu nos mains vers lui quand il a fait ses premiers pas. Nous n'avons pas versé de larmes en l'emmenant pour la première fois à l'école. Nous n'avons pas passé nos samedis à le regarder jouer au football. Nous ne l'avons pas serré dans nos bras. Nous ne l'avons pas porté quand ses petites jambes lui faisaient mal. Nous n'avons pas fait de notre mieux. Non, nous sommes arrivés le jour de son quinzième anniversaire pour lui dire de ramasser ses mouchoirs et de mettre ses slips dans le bac à linge sale.

C'est difficile de ne pas leur en vouloir. De ne pas les détester. De leur trouver des excuses. De mettre leur mépris sur le compte de l'explosion hormonale et de leur cerveau immature. Quand votre fils de quinze ans vous regarde en face avec des yeux noirs et dit «Tu fais chier, putain ! Va crever ! », jamais il ne vous vient à l'esprit d'invoquer la neurologie. Vous serrez les poings et encaissez le coup en ayant parfaitement conscience que vous disposez d'un dixième de seconde pour décider de la meilleure attitude à adopter.

C'est arrivé soudainement, il y a près d'un an. On avait embrassé notre petit garçon. On lui avait dit « Allez, bonne nuit. Dors bien. » avant de refermer délicatement la porte pour ne faire aucun bruit. Avec Léa, on s'était installés sur le divan, et après avoir regardé un film, j'étais repassé par sa chambre pour lui faire un dernier baiser. J'adorais ça, embrasser mes enfants quand ils dormaient. Le lendemain matin, c'était un samedi, il est descendu plus tard que d'habitude. Nous petit-déjeunions. Il est entré dans la pièce en soufflant. Il s'est assis sans dire bonjour. Il a dit : « Y a pas de croissants ? » Il a bâillé. Il a dit à sa petite sœur qu'elle était moche. Il a englouti quatre tartines au chocolat. Il a dit : « Cet après-midi, je vais en ville avec des copains. » On lui a dit non. Il a fait « Pffff… ». Il a mangé une dernière tartine. Il a dit : « Je vais prendre une douche. » Il s'est levé sans débarrasser. Il a traîné les pieds jusqu'à la salle de bains. Et il a claqué la porte. Cette nuit-là, notre petit garçon avait été dévoré par le monstre. La guerre avait commencé. Nous n'étions pas préparés. Un enfant, on ne devrait jamais lui permettre de dépasser douze ans. C'est, à mon humble avis, le grand maximum. Après, les emmerdes commencent.

Il y a presque autant de chances de survivre à un cancer du pancréas qu'à la présence d'un bipède de quinze ans sous votre toit. Nous en étions la preuve vivante. Nous avions résisté aux assauts de la petite enfance et à la fatigue physique. Nous étions désormais sur le point de craquer, englués dans la guerre de tranchées qu'est l'adolescence.

Après le dîner, nous avons vérifié les devoirs, signé les interrogations, repris les téléphones, préparé les sacs d'école du lendemain. Nous avions dû combattre pour chaque parcelle de terrain et avions vaincu à force de stratégie et de menaces. Après la lutte, les deux camps s'étaient repliés dans leurs quartiers. Les enfants, dans leurs chambres qu'il faudrait bientôt dératiser. Nous, dans le salon. Léa faisait un puzzle. Je regardais le journal télévisé. Nous étions venus à bout de leur résistance. Ils nous laissaient, une fois de plus, accablés par le combat.

Comme tous les soirs, j'ai fait le tour des chambres. Élise était couchée en travers de son lit, ses écouteurs sur les oreilles. Par terre, un paquet de chips vide, deux culottes et son cours de géographie. Dangereux signes avant-coureurs de ce qui allait bientôt nous exploser au visage. Mais elle était encore une petite fille qui aimait ses parents. On a parlé quelques minutes de sa journée, de l'école, de ses copines, de son téléphone qui était «vraiment trop vieux et qu'il allait bientôt falloir changer!». Je lui ai dit qu'on pouvait éventuellement le faire réparer. Elle m'a rétorqué qu'on n'était plus en 1980. On s'est pris dans les bras. «Je t'aime, ma fille», lui ai-je susurré à l'oreille. Comme une promesse, elle a répondu : «Moi aussi, Papa, je t'aimerai toujours.» Elle ignorait qu'elle me mentait. Que dans quelques mois, les hormones gagneraient la bataille. Qu'elle en viendrait à me détester. Je lui ai envoyé un cœur avec les mains. Elle a souri. J'ai refermé la porte en espérant que le monstre ne vienne pas la dévorer ce soir-là, à la nuit tombée.

J'ai frappé à la porte de Paul. Il a dit : «Non!» J'ai pourtant ouvert après avoir compté jusqu'à cinq pour lui laisser le temps de remettre son caleçon et ranger ses mouchoirs. Sa chambre est un écosystème composé de vêtements chiffonnés et de restes de nourriture. Un compost visant à ne surtout pas ranger les fringues dans le bac à linge sale ni à jeter les détritus à la poubelle en pariant plutôt sur leur autodésintégration et leur transformation en humus. La chambre d'un ado, c'est un savant équilibre agro-écologique. Je lui ai dit : «Bonne nuit.» Il a dit : «Ouais.» Je suis allé pour l'embrasser, il s'est retourné. J'ai regardé sa nuque et dit : «Va falloir te calmer et grandir un peu. Parce que là, tu nous mets à bout.»

Voûtée sur la table basse, Léa était concentrée sur son puzzle. Un flamboyant perroquet de deux mille pièces. Je me suis installé à côté d'elle, sur notre beau divan Corréo à pieds bas, en tissu déhoussable au toucher agréable. Léa en rêvait. Il ne faut jamais sous-estimer l'importance du divan dans la vie de couple.

Après avoir regardé les images d'un attentat qui avait eu lieu l'après-midi même en Syrie, j'ai décidé de lui parler d'un détail qui me restait en travers de la gorge.

– Il se moque de toi en disant que tu regardes *Un dîner presque parfait*, et toi, tu rigoles. Tu lui donnes tous les droits !

– Non je ne lui donne pas tous les droits ! Mais avoue que ce n'est pas bien méchant.

– Je ne dis pas que c'est méchant. Je dis juste qu'il faut le surveiller de près car on ne peut pas se permettre une autre année de crise. On n'y survivrait pas. Il faut le serrer, Léa. Il en a besoin !

Je lui ai proposé de boire un verre de vin, elle a répondu : « Pas aujourd'hui, faisons plutôt ça demain… » Je détestais cette phrase. Comme si l'on pouvait remettre le plaisir au lendemain. Comme si nos heures n'étaient pas comptées. Car demain n'est pas une certitude, c'est au mieux une éventualité.

Elle a relancé notre discussion en disant qu'elle était confiante pour cette année, qu'elle voyait de nettes améliorations et qu'elle sentait qu'il était cette fois en train de grandir et de prendre ses responsabilités. Je lui ai fait remarquer que plus tôt dans la journée, j'avais eu droit à «Tu fais chier» et «Boulet». Selon elle, c'était un ado, il avait donc le droit de se rebeller, c'était à moi de ne pas m'emporter chaque fois que je me sentais agressé. Elle a ajouté :

– Regarde ! Il fait une belle rentrée à l'école, il n'a encore eu aucune note ! Ça veut tout de même dire quelque chose…

– Mais on ne va pas sauter au plafond quand même ! Ça fait juste quinze jours qu'il est rentré !

– Tu vois, c'est ça ton problème, a-t-elle rétorqué. Tu n'es jamais content, jamais satisfait. Il y a toujours un «mais…».

Elle était arrivée sur son terrain favori. Si je m'inquiétais à ce point de la scolarité de mes enfants, pourquoi n'allais-je jamais aux réunions de parents ? Elle adorait m'attaquer sur ce sujet même si elle connaissait pertinemment bien la réponse. Je n'avais jamais aimé l'école, et j'avais décidé un beau jour de tirer un trait définitif sur cette période de ma vie. Elle m'a suggéré d'en parler un jour à un psy.

Il était 22 heures. La sonnerie a retenti et coupé court à notre discussion. C'était son tour de garde. Léa a posé un pull sur ses épaules, elle est descendue à la pharmacie d'où elle est remontée deux minutes plus tard. « Encore un type qui voulait du Cialis mais qui n'avait pas d'ordonnance ! » Je lui ai demandé : « C'est quoi le Cialis ? » Elle m'a expliqué que c'était un médicament qui bloquait la dégradation enzymatique de la guanosine monophosphate cyclique au niveau des corps caverneux, et qui induisait une relaxation des fibres musculaires lisses avec vasodilatation pénienne. Bref, un médicament utilisé pour les troubles de l'érection. De plus en plus d'hommes en demandaient. Selon elle, la plupart n'avaient pas de réels problèmes d'équerre. Ils voulaient juste s'assurer de bander. Phénomène social qui lui échappait totalement. Elle ne comprenait pas que la révolution féministe n'avait pas uniquement entraîné une modification du statut de la femme, elle avait aussi modifié en profondeur la place de l'homme au beau milieu du lit. Elle a ajouté : « Ou alors, c'est leurs femmes qui les envoient pour s'assurer un vendredi soir à orgasmes multiples. » Ça l'a fait rire. Pas moi. Ça faisait bien longtemps qu'elle ne jouissait plus qu'une seule fois. Au mieux.

Sans transition, elle a dit : «Je vais prendre un bain.» C'était sa manière de mettre un terme à nos discussions. Elle s'enfermait, se frottait les pieds énergiquement, se faisait les ongles pendant de longues minutes. Et elle s'ébouillantait, le regard perdu sur le plafond de la salle de bains. Lorsque ses compteurs étaient remis à zéro, elle redescendait dans le salon et s'asseyait sur le divan. Jusqu'au moment où l'un d'entre nous annonçait discrètement qu'il allait se coucher. Alors, l'autre se levait et lui emboîtait le pas. On avait beau ne plus jamais être d'accord, il y avait cette force qui nous poussait malgré tout à aller nous coucher au même moment. Même si c'était pour silencieusement se tourner le dos.

On s'est déshabillés. Je me suis blotti de mon côté. Elle a allumé sa lampe de chevet pour lire, comme tous les soirs. Après une dizaine de minutes, je lui ai dit :

– Qu'est-ce qu'on a mal fait ?

– Rien. Qu'est-ce que tu peux être lourd quand tu veux. Allez, à demain. Faut que je dorme un peu.

Je lui ai souhaité bonne nuit. J'ai posé ma main sur elle et lui ai demandé :

– Tu ne m'abandonneras jamais hein ?

– Arrête de dire ça !

– Pourquoi ?

– Parce qu'on ne peut pas mettre la pression comme ça sur les gens.

– Je ne te mets pas de pression, je te demande…

Elle s'est endormie presque immédiatement. Alors, délicatement, en prenant garde de ne pas la réveiller, je suis descendu dans les toilettes. Du plat de la main, j'ai soulevé la petite trappe du plafond et en ai extrait ma boîte à voyages.

À l'intérieur, parfaitement rangées, des dizaines de fardes sur les tranches desquelles était écrit : Bangkok, Saint-Pétersbourg, Reykjavik, San Francisco, New York, Buenos Aires, Dakar, Cape Town, Sidney, Istanbul. À chacune sa couleur. J'ai pris celle qui se trouvait à l'extrême gauche : Bangkok.

J'ai peu de souvenirs de mon père. Il montait de temps en temps dans ma chambre et nous écoutions sur mon radio-cassette des sketches de Coluche que je ne comprenais pas. Je me contentais de sourire quand il s'esclaffait. On était bien. Le dimanche, en fin de journée, j'avais le droit d'entrer dans son bureau. Je me couchais sur le tapis et feuilletais des magazines qu'il rapportait du travail : *Ferrovissime*, *Loco-Revue*. Et mon préféré, *Modern Mechanic*, qui montrait des trains interminables traversant l'Ouest américain. Je feuilletais, ciseaux à la main, et découpais les plus beaux trains et les plus beaux paysages. Alors, il se couchait quelques minutes près de moi et nous collions sur des feuilles ces photos qu'il légendait avec un tas d'informations.

Assis sur la cuvette, j'ai extrait de leur farde en plastique quelques photos découpées dans des magazines : le parc de Lumpini, le fleuve Chao Phraya, la maison de Jim Thompson, le quartier chinois, le marché de Chatuchak, le Palais Royal. Et le Wat Pho, l'un des plus anciens temples bouddhistes de Bangkok, situé dans le quartier de Phra Nakhon. C'est là que se trouve le célèbre Bouddha couché. La statue de 43 mètres de long et 15 mètres de haut représente Bouddha sur son lit de mort, prêt à accéder au Parinirvâna. Quatre-vingt-huit pour cent des gens meurent couchés. C'est comme ça. Notre ruine est immobile et horizontale.

Bangkok n'a pas toujours été la capitale de la Thaïlande. Il y a d'abord eu Sukhothaï, Ayutthaya, Lopburi et Thonburi. Ce n'est qu'après la dépossession et l'exécution du roi Taksin déclaré fou, que le général Chakri (né Thong Duang, qui deviendra Rama Ier, premier roi de la dynastie Chakri) que Bangkok est finalement désignée capitale du pays des Thaïs. Il régna jusqu'à sa mort le 7 septembre 1809, à l'âge de 73 ans. L'histoire ne dit pas s'il est mort couché. Mais il y a quatre-vingt-huit pour cent de chances que cela soit le cas.

Sur une feuille, un tas d'informations concernant le train Bangkok-Sungai Kolok, une piquée plein sud vers la dernière ville thaïlandaise avant la frontière malaisienne. J'avais écrit : « Départ toutes les deux heures de la gare de Hua Lamphong. Petite quinzaine d'heures de trajet. Prix : à peu près 15 euros. » Agrafé à la feuille, un article de presse proposait quelques photos : des Thaïs couchés à même le sol dans un compartiment de troisième classe, les longues rangées de couchettes avec leurs tentures bleues, le bar où, toutes fenêtres ouvertes, des gens fumaient et buvaient de la bière.

Je ne suis jamais allé en Thaïlande parce qu'il y a toujours une bonne raison de ne pas voyager. C'est pour cela que nos vies sont si petites alors que le monde est si grand.

J'ai donc fantasmé seul sur ce train Bangkok-Sungai Kolok. Je m'imaginais, assis dans le wagon, la fenêtre grande ouverte, à humer les odeurs des paysages dissimulés par la nuit. La musique thaïlandaise, la petite télévision allumée dans le compartiment. Je me voyais ouvrir un bon livre avant de rejoindre ma cabine, et refermer ma tenture bleue pour un court sommeil.

Nous avons ouvert les yeux à 6 h 30. Baiser prudent. Deux mots dont on ne devrait jamais accepter qu'ils soient associés. J'ai pensé à nos réveils vingt ans auparavant, où elle me présentait ses fesses et m'invitait à entrer en elle avant de l'embrasser. Rien ne pouvait nous arriver. Nous étions une armée, liés, assemblés, coalisés. Un bataillon prêt à braver les assauts du quotidien. Abdiquer sur le sexe du matin est la première erreur des couples qui se croient éternels. C'est s'isoler. Offrir à l'ennemi la vulnérabilité de l'individu. Alors que le groupe est invincible.

Le petit déjeuner s'est déroulé dans un silence de mort. Paul s'est soudainement levé. Il a mis ses écouteurs. Je lui ai fait signe de les enlever. « Sois cool à l'école ! » Il a remis ses écouteurs sans aucune forme de réaction. Il a embrassé sa mère et lui a dit : « Dis-lui d'arrêter de me parler tout le temps de l'école. »

Quelques minutes plus tard, les filles sont parties à leur tour. Une nouvelle trêve débutait.

Ce jour-là, ma psy portait un jean moulant et une chemise blanche à col rond qui laissait deviner de tout petits seins. C'était ma tenue préférée. Je la voyais depuis deux ans. Léa n'en savait rien. J'étais arrivé là par l'intermédiaire de notre médecin de famille, que j'avais consulté après avoir eu une sérieuse crise de panique au volant de ma voiture alors que je rentrais chez moi. Dans ma rue, j'avais été pris de vertiges et m'étais arrêté sur le bas-côté afin de respirer profondément. Mon cœur pompait. Les portes qui claquent, les cris, le chien qui gratte à la porte, la musique des enfants, leurs devoirs. Tout me poussait à faire demi-tour. Après une demi-heure, j'avais pleinement repris mes esprits et j'étais rentré tout sourire à la maison.

– Alors, comment ça se passe ? m'a-t-elle dit.

– Pas trop mal. C'est la rentrée des classes… Jusqu'ici, tout va bien.

– Très bien ! Et votre femme ?

– Elle me manque.

Elle m'a regardé comme les psys savent le faire. J'ai embrayé. J'avais envie de retrouver notre vie d'avant les enfants. De retrouver la femme dont j'étais tombé amoureux, celle qui laissait traîner ses culottes, qui acceptait de rester au lit toute la journée pour regarder des films, et qui, en passant derrière moi, caressait doucement mes fesses. Tout avait disparu. Combien de temps reste-t-il pour s'aimer quand vous devez vous réveiller à l'aube, préparer le petit déjeuner, torcher un cul, ramasser du vomi, donner à manger, changer le lange, habiller l'enfant, calmer ses pleurs, le mettre dans la voiture alors que le jour n'est pas encore levé ? L'attacher à ce satané siège-auto. L'emmener chez la gardienne et le lâcher avec une certaine culpabilité pour être à l'heure au travail. Supporter ensuite les demandes infondées et l'autorité abusive d'un patron pendant huit heures. Perdre son temps dans les embouteillages. Reprendre le gamin. Apprendre qu'il a tapé un petit copain chez la gardienne. Rentrer chez soi. Le mettre dans son parc. Payer quelques factures. Donner à manger. Torcher le cul. Faire une lessive. Relever ses e-mails pour ne pas être mal vu au boulot. Donner le biberon. Raconter une histoire. Mettre la lessive au sèche-linge. Repasser. Payer le reste des factures. Et enfin, alors qu'on termine à peine le rangement de la cuisine, aller se coucher. À l'instant où notre tête s'affaisse sur l'oreiller, penser que c'est décidément le plus beau moment du monde. Demander à son conjoint s'il a passé une bonne journée. Tomber de sommeil avant même d'entendre sa réponse. Et se réveiller toutes les trois heures. Combien de temps reste-t-il pour s'aimer dans cette vie-là ?

Comme la majorité des parents, on a tout remis à plus tard. On se disait : « Ils vont grandir, on pourra bientôt respirer. »

Mais le temps, nous ne l'avions plus, et « plus tard » n'était plus une option. « Vous devriez voir comment on s'embrasse le matin, c'est à pleurer », lui ai-je dit. J'ai ajouté que nous allions, début novembre, fêter nos vingt ans de vie commune. Même si « fêter » ne me paraissait pas le verbe le plus approprié. A priori, il n'y aurait pas de fête. Pas d'amis à la maison. Pas de champagne. Pas de sexe. Peut-être un baiser un peu forcé en fin de soirée pour se féliciter mutuellement d'être encore en vie après tous ces orages. Un baiser sans les mains, sans la langue.

– Très bien… Pour cette date anniversaire, vous avez prévu quelque chose ?
– Non.

Elle a croisé les jambes.

Le client étant roi, j'ai décidé d'emmener la discussion dans une zone plus confortable. J'ai dit : «Mais vous savez, moi aussi, j'ai pourri la vie de mes parents.» Elle a décroisé les jambes. Ça l'intéressait.

– Gamin, je m'ennuyais. Alors, je gesticulais, je faisais du bruit. Je réussissais à l'école mais je passais le plus clair de mon temps dans le couloir ou dans le bureau du proviseur. Pour moi la vie n'était pas faite pour rester assis. Mon père était très dur à ce sujet. Un jour, après un rendez-vous avec le directeur de l'école, on est rentrés en voiture et il m'a dit : «Je suis déçu d'avoir un fils comme toi. Tu me gâches la vie. Si je meurs, je ne veux même pas que tu viennes à mon enterrement.» Je m'en souviens comme si c'était hier.

– Vous avez fait la paix par la suite ?

– Oui. Quand j'ai quitté la maison. Et puis il est mort. Jeune. Comme tous les hommes de ma famille. Mes deux grands-pères aussi sont morts avant cinquante ans. Le cancer. C'est la mine qui les a tués. Mon père, c'est pas la mine, c'est la malchance. Mais à la fin, ça revient au même.

Elle a recroisé les jambes. Métier épuisant.

– Depuis, je vis avec cette sensation désagréable, ai-je poursuivi. Dès que l'horizon est dégagé et que l'on va enfin pouvoir souffler, y a quelque chose qui vous tombe dessus. Le cancer ou les enfants. Y a toujours un truc pour venir vous emmerder. Résultat, on est condamnés à mourir sans jamais avoir vraiment respiré.

Elle s'est tue. Visiblement, aucun commentaire sur cette déclaration n'était compris dans le prix.

– J'aimerais revenir sur votre femme si cela ne vous dérange pas. Vous l'aimez encore, Léa ?
– Oui !
– Et elle vous aime encore ?
– Je ne sais pas ! Je crois que oui…
– Vous ne lui avez jamais demandé ?
– Non, ce n'est pas le genre de femme à qui l'on pose ce genre de question.

Elle prit quelques notes. J'en profitai pour préciser ma pensée.

J'aimais encore Léa car elle était mon dernier refuge. Le stress qui montait à l'approche de la maison, en revenant du travail. Les premiers cris, dès l'entrée. Je ne le supportais plus. Ça me donnait envie de fuir. Je n'avais, aussitôt la porte poussée, qu'une seule envie : m'enfermer dans les toilettes et attendre que les enfants soient couchés pour enfin poser ma tête sur l'épaule de ma femme.

– Vous pensez quoi de tout ça ?
– Ça me rend triste.

L'entretien touchait à sa fin. Elle a dit : « C'est assez pour aujourd'hui ! Ça fera cinquante euros. » Alors qu'elle plongeait mon billet dans un grand vase posé derrière elle, elle revint à la charge. Je devais réfléchir à cette soirée d'anniversaire. C'était une date importante. L'occasion rêvée de repartir sur de nouvelles bases. Elle a dit : « Les symboles sont importants. » Je devais aller travailler. Ça m'a donné envie de mourir un peu.

J'ai rencontré Léa un vendredi soir de novembre. Je l'ai d'abord vue de dos. Elle avait un coquelicot tatoué sur l'épaule, les cheveux rasés, quatre boucles dans l'oreille gauche et une dans le nez. Elle portait un petit short à carreaux et des baskets. Je l'ai invitée à danser. Au deuxième refrain (c'était *November Rain* de Guns and Roses), j'ai posé ma main sur ses fesses. Elle n'a rien dit. On s'est embrassés. La chanson s'est arrêtée. Pas nous. Pas nos mains. Ni nos langues.

La première fois que je suis allé chez elle, l'évier débordait de vaisselle. Sur la table de la cuisine, une casserole pleine de poils dans laquelle une semaine plus tôt on avait dû cuire des pâtes. Il y avait aussi un cendrier, des canettes de Coca, des chips, des miettes de pain. Dans le petit salon, à côté du divan, une pile de livres. Non seulement ce joyeux bordel ne semblait pas la déranger, mais il lui ressemblait tout à fait. Elle fumait des pétards, n'avait peur de rien et ne respectait aucun principe. Je me suis dit : « C'est la femme de ma vie. » J'avais vingt ans. Un million de certitudes. Jamais plus je ne croiserais la route d'une femme spécialisée dans la culture du poil ménager. Alors, sur un quai de gare, je lui ai demandé d'habiter avec moi. Elle a dit oui. Le train est arrivé et nous avons embarqué sur des voies indissociables.

Très vite, on a créé une famille. On n'aurait peut-être pas dû. Mais Léa ne rêvait que de cela : une maison avec trois chambres et un chien. Elle a eu ce qu'elle voulait. L'aventure immobile.

Il reste la gratitude pour les enfants et les beaux moments vécus ensemble, l'habitude des horaires et de l'odeur. Mais l'indicible a disparu. On est morts sans avoir fait face. Presque par distraction. On a commencé par ne plus faire l'amour le matin, puis on a cessé de se rappeler pourquoi on s'aimait, pourquoi un beau jour nous avions eu envie de faire des enfants ensemble. Les évidences disparaissent, enfouies sous le linge sale et les piles de devoirs.

Je me suis dit mille fois que j'allais partir. Les quitter. Mille fois, embourbé à table dans des discussions interminables, je me suis dit : « Lève-toi maintenant, grimpe les escaliers, enfourne quelques paires de chaussettes, trois slips et trois tee-shirts dans un sac, redescends calmement et dis-leur que tu es désolé. Que tu as essayé mais que tu n'y arrives pas. Que tu n'es pas heureux avec eux. Que ce n'était pas ce que tu espérais. Que tu as besoin de plus de tendresse, de plus d'attention, de plus de temps. Que tu les aimes mais que la vie de famille ne remplace pas cet indicible plaisir de savoir prendre le temps d'être amoureux. Dis-leur que tu pars. Fais-leur signe de la main, dis-leur "je vous appelle bientôt, je vous aime". Et puis calmement, quitte sans te retourner ce foyer dans lequel tu avais mis toutes tes espérances. »

C'est ça la vie ? On embrasse sa femme du bout des lèvres. On dit bonjour aux enfants. On se bat pour qu'ils fassent leurs devoirs. On se bat pour qu'ils débarrassent la table. On se bat pour qu'ils rangent leurs chambres. On se bat pour qu'ils préparent leurs cartables. On se bat avec sa femme parce qu'on s'est trop battu avec les enfants. On se bat enfin le soir pour s'endormir en se demandant ce qu'on a bien pu faire pour mériter ça. Et on ne part pas. On attend demain. Pendant de longues années. Parce qu'on a peur d'être seul.

Élise adorait sa nouvelle prof de français. Paul n'avait encore eu aucune note dans son journal de classe. Ce qui avait pour effet de calmer doucement mes angoisses. Assis sur mes toilettes anticalcaire, je réfléchissais à notre soirée d'anniversaire. Les idées ne fusaient pas. J'envisageais de m'habiller élégamment et de l'emmener dans un bon restaurant. Ce qui me semblait loin d'être à la hauteur de la pression que ma psy m'avait mise concernant l'événement. Sur un bloc-notes, j'ai alors écrit : « fleurs, shopping, thalasso, faire garder les enfants ». Et puis, presque en tremblant, j'ai ajouté : « Hôtel ? »

En sortant des toilettes, j'ai découvert Paul étendu de tout son long dans le canapé. Il tapotait avec ses deux pouces sur l'écran de son téléphone pour faire passer un petit avion dans des cercles de feu. Il me dit bonjour sans conviction et sortit son journal de classe de son cartable. «Tiens, il faut signer ça.» J'ouvris le journal. D'un style nerveux au feutre rouge, il était écrit :

Monsieur,

Malgré les nombreuses mises en garde des derniers mois et le contrat passé avec votre fils Paul afin qu'il puisse poursuivre son cursus dans notre établissement, rien ne semble y faire. Il nous paraît donc déjà urgent de tirer la sonnette d'alarme. Car non seulement, depuis quelques jours, il s'est remis à perturber les cours mais de plus, aujourd'hui, en pleine récréation, il s'est écrié «Allahou Akbar». Vous comprendrez que ceci est contraire au règlement de notre établissement et que cet événement ne pourra rester impuni. Je vous invite donc à me contacter au plus vite.

Bien à vous,
Le proviseur.

Mon fils était planté devant moi. Quinze ans et demi. Les cheveux en bataille, le nez légèrement disproportionné, une pilosité naissante. Il portait un pantalon de training gris et un pull aux motifs étrangement similaires à des feuilles de cannabis. Il avait eu la politesse d'enlever les écouteurs de son baladeur qui reposaient sur ses épaules.

– Tu as crié «Allahou Akbar» dans la cour ?

– Oui…

– Et tu sais ce que ça veut dire ?

– Non !

– Pourquoi tu l'as crié alors ?

– Je sais pas, c'est un cri de guerre, non ?

– Non ! Ça veut dire « Dieu est le plus grand » !

– Et ben quoi, c'est pas un gros mot ça, « Dieu est le plus grand » !

– Non, ce n'est pas un gros mot. Mais c'est notamment ce que crient les terroristes quand ils s'apprêtent à commettre un attentat !

– Ah bon, je savais pas !

– Eh bien, tu l'aurais su si tu acceptais de regarder le journal télévisé avec nous. Mais non, tu préfères aller dans ta chambre regarder des vidéos à la con sur YouTube !

– Et toi, tu trouves pas ça con les trucs que vous regardez à la télévision ? *Un dîner presque parfait*, tu trouves pas ça con ?

– Je ne te parle pas d'*Un dîner presque parfait* ! Ta mère regarde les émissions qu'elle veut ! Je te parle de ça !

Mon doigt était pointé sur la note en rouge du proviseur. Il enchaîna :

– Et donc, plus personne ne peut dire « Allahou Akbar » sans se prendre une punition ou aller en prison ?

– Ben si, abruti (je n'ai pas dit abruti mais je me souviens l'avoir pensé très fort). Plein de gens disent ça, tous les jours, toutes les secondes, dans toutes les mosquées du monde !

– Et eux, on ne leur dit rien ! s'exclama-t-il.

– Mais non, du con (je ne l'ai pas dit non plus), ils prient !

– Et bien, t'as qu'à dire au proviseur que je priais, comme ça je serai excusé !

– Mais tu ne priais pas ! hurlai-je. Tu t'appelles Paul, tu es né à Bruxelles dans une famille catholique. Tu ne priais pas, tu faisais le con !

– Oui, bon, tu commences à me faire chier !

– Surveille ton vocabulaire…

– Non, vous me faites chier avec vos règles à la con ! Si ça continue, je vais me jeter par la fenêtre !

– Ben fais attention, ça fait mal !

C'était sorti tout seul. Il a claqué la porte et il est monté dans sa chambre. Bouillonnant, je suis descendu à la pharmacie. Trois clients faisaient la queue devant Léa. Par l'entrebâillement de la porte, j'ai dit : « Tu peux venir deux secondes ? »

– Qu'est-ce qu'il y a ?

– C'est Paul ! Il s'est fait coller ! Il a crié « Allahou Akbar » dans la cour de récréation !

– Est-ce qu'on peut en parler tout à l'heure ? J'ai du travail.

– Non, on ne peut pas en parler tout à l'heure ! Tu imagines ça ? « Allahou Akbar » ! Il a crié « Allahou Akbar » ! Tu te rends compte ! C'est très grave !

– C'est surtout crétin, a-t-elle dit. Mais je suis sûre que ce n'est pas bien méchant !

– C'est ton truc ça ! C'est crétin ! C'est pas bien méchant ! C'est jamais méchant avec toi !

– Bon, il faut que j'y aille ! J'ai une tonne de boulot et je dois fermer tôt parce que ce soir j'ai la soirée de présentation d'un nouveau médicament. Je parlerai avec lui.

Mon cœur s'affolait. Je sentais un grésillement sur le côté droit de mon cerveau.

– Tu n'as pas un truc pour les maux de tête ?

– Regarde dans la boîte au-dessus du four.

– Non mais un truc un peu plus fort !

Elle a soufflé. Je suis remonté à la maison. Je l'ai entendue s'excuser tout sourire auprès de ses clients.

Dans la cage d'escalier, j'ai appelé mon fils pour qu'il descende. Il a refusé. Je lui ai dit : « On reparlera de ça quand ta mère remontera ! Parce que c'est grave ce que tu as fait ! C'est très grave ! » Il a mis sa musique à fond. Élise a hurlé : « Baisse le son ! »

Elle est descendue de sa chambre en hurlant : « Dis-lui de mettre la musique moins fort ! J'ai une interro de maths demain et je ne comprends rien ! » La soirée s'annonçait bien.

J'ai dit à Élise de descendre ses affaires, que j'allais lui donner un coup de main. Je me suis assis cinq minutes dans les toilettes. Le bourdonnement s'est arrêté. « Alors, ces maths ? On s'y met ? » La matière portait sur les différents triangles et leurs propriétés. Il m'a fallu parcourir le chapitre en vitesse pour ne pas avoir l'air parfaitement idiot. On a commencé par la définition : « Un triangle est un polygone à trois côtés. » « C'est quoi un polygone déjà ? » m'a-t-elle demandé. J'ai fait semblant de voir un message sur mon téléphone. J'ai questionné Google. La page a mis du temps à se charger. J'ai fait mine de répondre au message. La définition est apparue. « Un polygone, ma chérie, c'est une figure plane fermée, délimitée par différents segments. » J'ai vu un vide dans son regard. Je lui ai dessiné plusieurs polygones sur une feuille. Elle a dit : « C'est une forme, quoi ! » J'ai été obligé de lui donner raison. En précisant que si elle disait qu'un polygone était une forme, elle aurait probablement zéro. Il fallait donc qu'elle apprenne par cœur qu'un polygone était « une figure plane fermée délimitée par différents segments ». Elle n'était plus tout à fait certaine de savoir ce qu'était un segment. Mais elle n'avait visiblement pas envie de s'appesantir sur la question et semblait déjà bien décidée à apprendre cela par cœur afin de pouvoir le régurgiter le moment venu. À l'étage, un rappeur hurlait : « Kalash est chargé ! Kalash est chargé ! »

Il y avait donc différents triangles : le quelconque que l'on pouvait aussi appeler scalène, l'équilatéral, l'isocèle et le rectangle. Ils avaient grosso modo trois propriétés inaltérables. Tout d'abord, si une droite passe par les milieux des deux côtés, alors, elle est parallèle à l'autre côté. Ensuite, si une droite passe par le milieu d'un côté et est parallèle à un deuxième côté, alors elle passe par le milieu du troisième côté. Et enfin, si un segment a pour extrémité les milieux de deux côtés, alors sa longueur est la moitié de celle du troisième côté. Elle m'a regardé d'un air triste.

– À quoi ça sert de savoir tout ça ?

– Ben comme ça, tu sauras dessiner des triangles.

– Je sais déjà dessiner des triangles.

– Oui, mais pas aussi bien que ça ! Maintenant, tu vas savoir les dessiner super bien !

– D'accord.

C'était une gentille petite fille. Nous étions dans les triangles jusqu'au cou quand Léa est rentrée à la maison. Elle a jeté un coup d'œil à la matière et a souri. «Tu étudies les triangles avec Papa ?» Puis elle est montée dans la chambre de Paul pour avoir une discussion avec lui au sujet de la note dans le journal de classe. Élise m'a demandé ce qu'il avait fait. Je lui ai dit : «Rien, allez… On reprend à la première propriété !»

Dix minutes plus tard, alors qu'Élise était encore empêtrée dans ses triangles, Léa est redescendue et s'est installée devant son perroquet de deux mille pièces. Je me suis affalé à ses côtés sur notre divan. Le contact avec le tissu était frais. Ils ne mentaient pas sur la publicité. J'ai attendu qu'elle me raconte sa discussion avec Paul mais elle triait les pièces méthodiquement. Parfois, l'intensité qu'elle pouvait mettre dans des choses dérisoires m'effrayait. J'ai demandé :

– Alors, qu'est-ce qu'il a dit ?

– Rien… On a parlé… Faut pas s'inquiéter. Il ne savait même pas exactement ce que ça voulait dire !

– Mais tu le crois ça ! Tu le crois ?

– Oui, parce que contrairement à toi, je lui fais confiance à notre fils !

– Moi aussi. Mais là, il ment. Il sait exactement ce que ça veut dire. Et admettons même qu'il ne le sache pas ! Eh bien, c'est très grave ce qu'il a dit ! C'est ce que ces barbares ont hurlé en tuant les types de *Char-*

lie! En flinguant les gens dans l'Hyper Casher! Ou la semaine dernière encore en Syrie en tuant des innocents sur un marché! C'est du sérieux, Léa! C'est très sérieux!

– Tu fais des drames avec rien. C'est un ado.

– Je sais que c'est un ado! C'est juste qu'il est rentré à l'école depuis un mois et qu'il est déjà sur la sellette. Il avait un engagement! Tous les regards sont déjà braqués sur lui! On est convoqués, tu as vu? Le proviseur demande que l'on prenne contact avec lui.

– Je le ferai demain.

Là, je ne sais ce qui m'a pris, je lui ai dit : «Non, cette fois, c'est moi qui irai!» Je n'étais plus entré dans un lycée depuis vingt ans. J'évitais comme la peste les réunions de parents et les fêtes de l'école. Lorsque j'allais chercher les enfants, je me garais à cinquante mètres du bâtiment. Mais là, devant la gravité de la situation, conscient que Léa minimiserait l'importance des faits, je décidai de prendre les choses en main. Elle s'est contentée de dire : «Je vais prendre un bain.»

Elle est redescendue dans une jupe noire rétro au-dessous du genou, les cheveux tirés, un rouge sanguin sur les lèvres. J'adorais qu'elle se maquille les yeux mais je détestais le rouge à lèvres. Alors, elle me disait : «Tu as vu, j'en profite pour en mettre quand je ne suis pas avec toi!» Ses quarante ans, additionnés à une alimentation saine et un abonnement à la salle de sport, lui offraient un nouveau pic de beauté. Alors que je me sentais chaque jour un peu plus insignifiant, sans réagir pour autant. Je n'ai pas pu m'empêcher de reprendre la discussion là où nous l'avions laissée.

– Je trouve que tu prends ça trop à la légère.

– Et moi, je trouve que tu t'inquiètes pour peu de chose. Arrête de tout dramatiser. Personne n'est mort. Et cesse de remettre tes angoisses sur nous! Va voir un psy si tu stresses! Ça te fera du bien.

J'ai rétorqué que j'allais commencer par prendre rendez-vous avec le proviseur de Paul. Que ce serait un bon début. Afin de ne pas enlever son rouge à lèvres, elle m'a caressé la joue et a dit aux enfants de se coucher de bonne heure.

J'ai mis les lasagnes au four.

Elle est rentrée vers minuit et demie. J'ai entendu ses pas dans l'escalier. Elle s'est déshabillée lentement à côté du lit. J'ai fait semblant de dormir. Elle a déposé un baiser dans mes cheveux et s'est aussitôt assoupie. Fin d'une autre journée sur notre champ de bataille.

Coincé dans les embouteillages, j'ai pensé appeler ma psy. Pour lui dire que Paul avait recommencé à déconner et que Léa m'avait conseillé de consulter. J'ai pressenti ses questions. Avais-je enfin profité de l'occasion pour lui dire qu'en réalité je me prenais en main et la voyais depuis deux ans ? Non. Il était désormais trop tard pour dire la vérité. Léa ne comprendrait pas. On ne se cachait rien. On ne se mentait pas. L'honnêteté était l'une des dernières choses qui nous permettaient de tenir encore debout. Elle n'accepterait et ne comprendrait jamais que j'aie pu lui mentir pendant deux ans. J'ai finalement décidé de ne pas appeler ma psy.

Je me suis arrêté dans une station essence. Clopes. Café. Coup de téléphone au proviseur de Paul afin de prendre rendez-vous. Il avait dû s'absenter pour motif familial, il serait de retour en fin de matinée. J'ai tenté une nouvelle fois ma chance vers midi mais il était cette fois parti déjeuner. Vers 14 heures, son assistante, confuse, s'est perdue en circonvolutions pour m'expliquer qu'il n'était toujours pas rentré de son déjeuner. Je l'ai enfin eu au bout du fil à 15 heures. « Bonjour. » Sa voix était pâteuse et énonçait chaque syllabe très distinctement. Elle était élastique. Molle.

Il me demanda si je m'étais entretenu avec mon fils. Il a placé deux fois « cri de terroriste » dans sa phrase.

– Paul savait que c'était un cri de guerre… Mais il n'en connaissait pas la véritable signification !

– Comment ça la véritable signification ?

– Eh bien, que « Allahou Akbar » était avant tout une phrase pieuse.

– Je ne vous suis pas…

– Je ne cherche pas à excuser mon fils. Je vous dis juste qu'il croyait que « Allahou Akbar » était un cri de guerre.

– Mais c'est bien de cela qu'il s'agit, n'est-ce pas ?

– Eh bien, cela veut dire d'autres choses tout de même, ce n'est pas qu'un cri de guerre !

– Ah bon ! Et qu'est-ce que cela veut dire si cela ne vous dérange pas ?

– Eh bien, ça veut dire « Allah est le plus grand » !

– Ah… Bien sûr.

Son analyse était limpide : si mon fils était à ce point turbulent, c'est qu'il y avait un problème autre part. Il me questionna sur l'ambiance familiale. Oui, la situation était souvent tendue avec Paul. Cela avait déteint sur notre famille. Ma femme trouvait que j'étais trop souvent derrière lui. Je me cognais aux mêmes murs depuis deux ans sans trouver de solution. Mais je restais persuadé du bien-fondé de l'autorité scolaire, de la rigueur et de l'importance de la notion de travail. Avant de raccrocher, je lui fis part de l'information que j'avais récemment lue concernant le cortex préfrontal des adolescents. Il me répondit qu'il était parfaitement au courant de ce qu'était un adolescent, vu qu'il en avait près d'un millier dans l'école dont il était directeur depuis plus de dix ans. Avant de raccrocher, il a ajouté qu'il désirait me rencontrer en personne pour me parler d'un autre dossier « un peu plus délicat ». J'ai tremblé. Un choc électrique dans mon cerveau. La foudre qui frappe la partie droite et l'arrière du crâne. Ça a duré une demi-seconde. J'ai fermé les yeux. La douleur a disparu.

Nous prîmes rendez-vous pour la semaine suivante. « Les 11 et 12, je suis en formation, m'a-t-il dit. Le 13, c'est un vendredi, je dois m'absenter l'après-midi pour raisons familiales. Est-ce que le lundi 16 vous irait ? » J'ai dit oui sans même regarder mon agenda. Avant de raccrocher, il a précisé qu'il était rassuré de m'avoir « enfin entendu ». Il s'étonnait en effet de ne pas m'avoir vu depuis toutes ces années. « Ils sont nombreux, vous savez, les pères démissionnaires. » Enfin, il me répéta que la situation était critique. Si Paul ne se reprenait pas immédiatement, son exclusion serait inéluctable. Je le remerciai de prendre la situation en main.

Il me restait un client à voir dans le quartier du Châtelain à Bruxelles. En marchant sur le trottoir, je repensais à la voix de Mollasson. À cette façon qu'il avait de couper les syllabes pour tenter de se donner un peu d'aplomb. Mon regard s'est arrêté sur l'enseigne d'un hôtel. Verticalement disposés sur la façade, huit signes clignotaient : « Studio 68 ». Sur la fenêtre, il était écrit en lettres élégantes : « Le Studio 68 est ouvert 24h/24. Entrée discrète au 68 rue Faider. Pour tous vos rendez-vous de charme. » Je jetai un coup d'œil à l'intérieur, que je trouvai charmant. Je continuai ma route. Parvenu chez mon client, une secrétaire m'installa dans un petit salon. « Monsieur ne va pas tarder… » Dans le bureau du patron, facilement reconnaissable à l'énorme inscription « Direction » imprimée sur la porte vitrée, un employé était visiblement en train de se prendre un savon. Quelques minutes plus tard, le type sortit tout penaud.

Mon père, qui n'était pas un grand parleur, ne m'a donné qu'un seul conseil dans la vie : « Méfie-toi toujours de ceux à qui l'on vient de donner un képi ! » Ce type, dans son bureau, était l'un d'eux. Je me suis levé, j'ai remercié la secrétaire pour son accueil et je suis sorti.

Cinq minutes plus tard, j'entrai dans le lobby du Studio 68 où une jeune fille blonde m'accueillit tout sourire. « C'est pour une chambre ? » « Plutôt pour des renseignements », ai-je dit, gêné d'avoir osé pénétrer dans pareil établissement. Non, je n'étais jamais venu. Mais nous avions quelque chose à fêter avec mon épouse. Elle me tendit alors un catalogue avec les différentes chambres proposées : La Jacuzzi, la numéro 9, la chambre Cœur, la Rouge, l'Éros, la Zen, celle aux sept miroirs et enfin la Japonaise. Le prix était fixé à 125 euros pour les trois premières heures et 25 euros de plus par heure supplémentaire. Dans mes cordes. Elle ajouta : « Toutes les photos sont sur notre site Internet si vous voulez les consulter plus longuement. » Je la remerciai pour le sourire et les renseignements. Alors que je marchais vers ma voiture, je suis passé à côté d'un couple qui s'embrassait. Comme ça, à pleine langue, en pleine rue. En les regardant du coin de l'œil, j'ai vu que la fille avait un tatouage sur l'épaule. Ça m'a fait un peu mal au cœur.

Aujourd'hui, ma jolie brune ne m'embrasse plus dans le cou. Elle ne laisse plus de poils dans les casseroles, elle ne fume plus, elle a remplacé le Coca par le thé bio et la bière par de l'eau minérale. Elle a fait enlever son tatouage au laser (erreur de jeunesse, m'a-t-elle dit), et ne porte plus de boucle dans le nez. Comme si elle avait sciemment voulu faire disparaître toute trace prouvant qu'un jour, elle avait eu dix-huit ans. Les enfants et moi, on lui est passés sur le corps. La vie de famille laisse des traces. Même sur les jolies filles qui croyaient leur jeunesse éternelle.

Quand Léa est remontée, les devoirs d'Élise étaient faits. Son interrogation sur les triangles s'était « moyennement passée ». Paul m'avait à peine dit bonjour et avait filé dans sa chambre pour se mater une série télé. Version officielle en langage adolescent pour dire « je regarde quelques vidéos sur YouPorn ». Léa m'a raconté sa soirée de la veille. Le buffet, le bon vin, les gens du métier qui ne savaient que parler d'eux. Je l'entendais à peine. Déjà tout entier à la préparation de mon plan.

Après le repas, la tension est montée. Il fallait débarrasser et faire la vaisselle. Les enfants se sont insurgés. Paul a dit : « Moi, je l'ai faite hier », Élise a dit : « C'est pas ma semaine. » Toutes les excuses ont été invoquées pour ne rien faire. Léa a répété pour la millième fois qu'il y avait un minimum d'efforts à faire pour vivre ensemble et qu'on ne demandait quand même pas la lune. Paul a crié : « Vous faites tous chier dans cette maison ! » Il a claqué la porte. Le bruit m'a fait l'effet d'un coup de couteau. Élise s'est mise à la tâche en marmonnant. J'ai prétexté du boulot et une tonne de paperasse à gérer pour me réfugier dans mon bureau. Ici, pas de chien qui gratte à la porte, pas de radio qui joue trop fort, pas de télévision, pas de vidéos sur YouTube, pas de sonneries, pas de cris. Du silence, un ordinateur, un téléphone et une carte de crédit. Je voulais boucler la logistique de notre soirée d'anniversaire. J'étais décidé. Il n'était plus question de faire marche arrière.

J'ai d'abord réservé une table dans un restaurant de la place du Châtelain. Trip Advisor annonçait « le meilleur Italien de Bruxelles ». Je suis du genre à faire confiance. Le site du Studio 68 proposait effectivement les photos détaillées de chaque chambre. J'ai d'abord hésité entre la Jacuzzi et l'Éros, au mur de laquelle étaient placardés des dizaines de Polaroids de femmes nues. J'ai ensuite renoncé à la chambre aux sept miroirs avant d'opter pour la Zen. Literie noire, murs noirs, épais rideaux de velours. Et une boule à facettes au plafond. Détail qui me perturbait quelque peu mais je la réservai quand même. Après tout, il fallait assumer. Désirais-je une bouteille de champagne dans la chambre ? Oui. « Acheter ». Total de la commande : 195 euros. Il me restait à convaincre ma mère de garder les enfants. « Salut, Maman, c'est moi. » Elle a dit : « Tu as une voix bizarre, il y a quelque chose qui ne va pas ? » J'ai répondu que tout allait bien. J'avais la même voix depuis toujours et lui ai assuré que je me portais comme un charme. Elle a d'abord résisté à ma demande. Elle avait soi-disant quelque chose de prévu ce soir-là, ça ne l'arrangeait pas. J'ai insisté : « C'est important, Maman ! – Ah, tu vois… C'est important. C'est qu'il y a quelque chose qui ne va pas ! » Je l'ai remerciée en lui promettant de l'appeler bientôt. Les mères sont comme ça, elles fonctionnent au malheur.

Il ne me restait plus qu'à commettre le dernier acte de mon plan. Je changeai une ampoule défectueuse dans la cuisine. Léa était occupée à son puzzle. Je lui ai dit que j'avais appelé le proviseur et que nous avions fixé un rendez-vous le lundi qui suivait. Il était strict mais juste. Exactement ce qu'il fallait à notre fils. Nous sommes montés nous coucher. La tête à peine posée sur l'oreiller, elle a dit : « Faut que je dorme, sinon le reste de la semaine va être difficile. » Elle ne croyait pas si bien dire.

Après m'être assuré qu'elle était endormie, j'ai enfilé des chaussettes pour ne laisser aucune trace et je suis descendu à la pharmacie. Quatre chiffres pour neutraliser l'alarme. J'ai coincé la porte avec un tabouret pour ne pas être fait prisonnier et je me suis dirigé à pas de loup vers l'armoire sur laquelle était inscrite la lettre C. Caditar, Caelyx, Calagel, Calciforte, Cantadrill. Mon doigt suivait les noms dans la presque obscurité. Capastat…

Existe-t-il un organe central désigné pour donner des noms aussi étranges aux médicaments ? Si oui, pourquoi sont-ils tous à ce point effrayants ? Captopril… Dans le tiroir suivant, mon doigt glissa sur Cefradoxyl, Cefizox, Celectol, Ceprotin (à quoi pouvait donc bien servir celui-là ?), Cholediam et puis enfin : Cialis. Je sectionnai la petite bande adhésive, pris l'une des deux plaquettes qui se trouvaient à l'intérieur et refermai la boîte avec précaution avant de la remettre en place. Mes préparatifs terminés, je cachai mon butin dans la trappe des toilettes.

Au petit déjeuner, Paul s'est moqué de la jupe de sa sœur. De sa couleur, de sa forme, du look que ça lui faisait. Léa lui a demandé d'arrêter. Il a dit : « Je fais ça pour lui rendre service. » J'ai pensé : « Tais-toi si tu veux nous rendre service ! » Dix minutes plus tard, ils avaient tous quitté la maison. Le calme. Un café. Une clope. Comme j'étais assis sur les toilettes, mon regard s'est posé sur la petite trappe. Je m'en suis voulu de ne pas avoir dérobé la boîte entière, ce qui m'aurait permis de consulter la notice explicative. Peu importe, je trouverais ça facilement sur Internet.

J'ai tapé : « Cialis effets secondaires ». Doctissimo avait une copie exacte de la notice du médicament et je me demandai qui avait bien pu prendre le temps (cela devait représenter plusieurs heures de travail) de recopier intégralement le document. Probablement un chômeur avec des problèmes d'érection aggravés. Le médicament devait être ingurgité plus ou moins une demi-heure avant l'acte sexuel. Il était par ailleurs noté qu'une stimulation sexuelle était nécessaire pour qu'il fasse son effet. Les contre-indications étaient légion. Le fabricant déconseillait son utilisation chez les hommes atteints de maladie cardiaque. Pour qui l'activité sexuelle était par conséquent déconseillée. Que ressent un homme face au médecin qui lui annonce qu'il ne pourra plus jouir ? Chez nous, il n'y avait pas eu de brutalité. Le sexe s'était retiré sur la pointe des pieds, à reculons. Comme un fourbe. Le médicament était également déconseillé pour les patients à risques cardiovasculaires, ayant eu un infarctus du myocarde au cours des quatre-vingt-dix derniers jours, souffrant d'angor instable ou présentant des douleurs angineuses durant les rapports sexuels. Plus étonnant, le Cialis était déconseillé à toute personne ayant subi une perte de vision d'un œil. Comment, au cours de leurs tests, avaient-ils pu conclure à cela ? Les médicaments étaient-ils prétestés par des borgnes ? La liste des effets indésirables était elle aussi impressionnante. Très fréquents : céphalées, dyspepsie, douleurs dorsales, myalgies, sensations de vertige, tachycardie, congestion nasale. Effets rares à très rares : syncope et perte soudaine de l'audition.

J'ai ensuite tapé : « orgasmes multiples ». Un sexologue expliquait la capacité multiorgasmique de la femme. Sa supériorité écrasante au regard de notre sexe, à nous les hommes, qui fléchit après avoir joui. « Deux, trois, quatre, pourquoi pas dix orgasmes », ajoutait le médecin. L'article était illustré par la photo d'une jolie quarantenaire tout sourire.

Il me restait quarante-huit heures pour peaufiner les derniers détails. Il fallait être précis. Ma vie en dépendait et, avec elle, celle de toute ma famille. J'y voyais clair, je me sentais fort. Et pour la première fois de ces vingt dernières années, capable de tout. Toutefois, les contre-indications du médicament m'inquiétaient. Que se passerait-il si je réagissais mal à son ingestion ? Si je perdais soudainement l'usage d'un œil ou devenais sourd ? Si après avoir ingurgité le médicament dans les toilettes du restaurant, je tombais en syncope et m'écrasais la tête sur la cuvette des w.-c. ? Je ne pouvais pas courir le risque d'une première prise le grand soir. Il me fallait faire un test.

En rentrant de l'école, ma fille a dit : « Papa, j'ai un devoir en sciences et je ne comprends rien ! » Paul a embrassé sa mère et est passé devant moi sans même me calculer. J'ai regardé Léa avec insistance pour qu'elle prenne enfin position. Elle a levé les bras au ciel : « C'est à toi de gérer. » Une demi-heure plus tard, excédé, je suis monté dans sa chambre pour avoir avec lui une discussion calme et constructive.

J'ai toqué à sa porte. Il a dit non comme d'habitude. J'ai patienté cinq secondes pour qu'il ait le temps de ranger ses petites affaires et je suis entré : « Il faudrait qu'on fasse un effort tous les deux pour parvenir à se parler. Je sais que je suis souvent derrière toi. Je peux m'engager à y faire attention si tu veux. Mais il faut qu'on trouve une solution parce que ce n'est plus vivable. Et tu dois aussi y mettre du tien ! » Je me suis assis sur le bord du lit. Il a éloigné ses pieds comme si j'étais contagieux : « Ouais, c'est bon, t'as fini ? »

« Il n'y a que les années qui nous font vieillir, tu sais ! Contrairement à ce que tu crois. Oui, j'ai des cheveux blancs. Oui, j'ai la voix de plus en plus grave.

Oui, j'ai quelques rides et des poches qui apparaissent sous les yeux. Mais j'ai beau être né vingt-cinq ans avant toi, nous avons le même âge. Alors ne me considère pas comme un vieux con ou comme un ennemi. C'est juste un genre que je me donne. En vérité, nous sommes frères.» Voilà ce que j'aurais dû lui dire. Je n'y suis pas parvenu. De toute façon, il n'aurait pas compris. Nous ne parlions plus le même langage. Je lui ai dit que je l'aimais. Il n'a pas réagi et m'a fait signe de bien refermer la porte de sa chambre.

C'était le jour des frites. Il régnait à table un agréable silence. J'en profitai pour demander à Léa si elle me connaissait des antécédents allergiques, si elle me savait sensible à quelque molécule, si elle savait que tous les médicaments étaient prétestés par des borgnes ? Elle s'étonna de tant de questions mais n'y apporta aucune réponse satisfaisante. Après le repas, j'ai discrètement pris une bouteille d'eau dans le frigo et je me suis enfermé dans les toilettes. J'ai ingurgité le médicament, et me suis assis sur la cuvette. Rien. Tout allait bien.

Les enfants sont montés. On a replié un peu de linge. Léa a trouvé les bonnes pièces pour former le bec de son perroquet. On a allumé la télévision. Léa zappait en pestant contre la pauvreté des programmes. Puis, soudainement, elle s'est arrêtée sur des images de défilé de mode. Quand Kate Moss est apparue sur le podium, j'ai senti comme une montée d'adrénaline. Et dans mon pantalon, l'arrivée brutale d'une trique phénoménale que j'ai immédiatement dissimulée sous un coussin qui traînait sur le divan. Décidément, cette soirée d'anniversaire s'annonçait magistrale.

Le lendemain matin, n'échappant pas totalement à quelque effet indésirable du médicament, je me réveillai avec un léger mal de crâne. Je ne m'en inquiétai pas, les effets positifs dépassant largement ce léger désagrément. Il fallait veiller à rester serein et concentré. Les deux jours à venir étaient cruciaux. Le lendemain avait lieu notre soirée d'anniversaire. Et trois jours plus tard, mon rendez-vous avec le proviseur. Après, peut-être, coulerions-nous des jours heureux.

Comme toutes les quinzaines, je suis allé voir ma psy. Je l'informai de mes préparatifs et de l'imminence de notre petite sauterie. Elle eut un sourire qui voulait dire « je suis fière de vous ». Nous avons longuement parlé du restaurant, de l'hôtel, de ce que je comptais porter ce jour-là. Et puis, je lui expliquai qu'en sortant de l'hôtel, j'avais croisé une jeune fille qui ressemblait à s'y méprendre à Léa, vingt ans auparavant.

Brune, un tatouage sur l'épaule et des yeux bleu clair. En la voyant embrasser son copain en pleine rue, j'avais eu un pincement au cœur.

– Pourquoi ? m'a-t-elle demandé.
– Parce que nous, nous ne faisons plus ça !
– Cela ne tient qu'à vous.
– Non ! C'est elle qui ne veut plus. Elle n'est plus cette jeune fille-là !
– Et vous n'êtes plus non plus le jeune homme qu'elle a rencontré il y a vingt ans.

J'en étais conscient. Les enfants avaient fini par nous achever. Peut-être que sans eux, nous nous serions aimés toute notre vie.

– Vous vous souvenez quand ça a commencé ? Cette prise de distance avec votre femme ?

Non, je ne voyais pas, comme ça, au débotté, d'élément qui aurait pu déclencher ce lent éloignement. J'ai tâtonné. Évoqué le temps qui avait passé, la mort de mon père, mon boulot qui me contrariait, les conflits qui se multipliaient, la tendresse qui manquait. Les enfants, évidemment. Elle a posé ses mains sur ses genoux. J'ai compris que l'entretien touchait à sa fin.

– Que tout se passe bien demain ! Ça fera cinquante euros.

Le soir, installé sur mes toilettes, j'envisageais de feuilleter ma farde Reykjavik lorsque mon regard se posa sur les photos des enfants. Paul, un bonnet beige sur la tête, arborait un très léger sourire. Élise n'était qu'une paire de joues ponctuée en son milieu par une énorme tétine rose.

La pression montait. Je guettais les moindres faits et gestes de Léa, m'attendant à ce qu'elle propose un restaurant, un verre en terrasse, un petit quelque chose pour tout de même marquer le coup. Mais ce n'est pas venu. Elle traverserait cette journée comme toutes les autres. La tête dans le guidon.

Elle a entrepris le rangement de l'armoire du salon. Je lui ai demandé si elle voulait un coup de main. Elle a dit non. Une heure plus tard, sans presque dire un mot, on est montés dans notre chambre. J'ai mis ma main sur elle. « Vous vous souvenez quand ça a commencé cette prise de distance avec votre femme ? » Avant de fermer les yeux, j'ai repensé aux photos des enfants quand ils étaient petits. « Tu ne m'abandonneras jamais, hein… »

6 h 28. J'ai ouvert les yeux. Léa, le coude sur l'oreiller et la main sous le menton, me fixait. À quoi pensait-elle ? Au fait qu'elle n'en pouvait plus de se réveiller chaque jour à mes côtés ? Ou qu'elle était, ce matin plus qu'un autre, fière, elle aussi, d'avoir survécu à vingt années de concubinage ? Elle a dit : « Bon anniversaire. » Je l'ai embrassée. Elle n'avait jamais aimé ça, les baisers du matin, mais elle n'a opposé aucune résistance. Je me souviens avoir pensé : « Nous ne sommes plus grand-chose mais nous sommes encore là. »

7 h 10. Durant le petit déjeuner, Léa a lancé : « Aujourd'hui, ça fait exactement vingt ans que j'ai rencontré Papa. » Élise a gardé la tête plongée dans ses céréales. Paul a applaudi lentement, avant de sommer sa sœur de se dépêcher. Il voulait prendre le métro de 7 h 25 pour être avec ses potes, il fallait « se casser ». On a débarrassé la table et, après m'avoir sou-

haité une bonne journée, Léa est descendue ouvrir la pharmacie.

8h35. J'ai appelé ma mère pour m'assurer que tout était en ordre pour la garde des enfants. Elle se faisait une joie. Avant de raccrocher, elle a demandé : «Tu es certain que tout va bien ?»

8h39. Après avoir vidé le lave-vaisselle, j'ai appelé l'hôtel pour avoir confirmation de ma réservation. «Tout à fait, monsieur, la chambre Zen est bien réservée à votre nom avec une bouteille de champagne au frais. Nous vous attendons vers 22h30.»

10h23. Chez le coiffeur, j'ai fait tailler ma barbe et demandé un peu plus court que d'habitude sur les côtés.

11h15. En prenant soin de ne pas être vu par Léa qui me croyait au travail, je suis rentré à la maison. J'avais quelques heures à tuer. J'ai opté pour une courte sieste. Mon divan. Dormir pour cesser de tourner en rond et m'assurer d'être physiquement au top pour la longue soirée qui nous attendait.

14h21. Mon téléphone a sonné. Ma mère voulait savoir si elle devait prévoir un déjeuner à mettre dans les cartables des enfants. D'une voix pâteuse, je lui ai expliqué qu'ils se feraient eux-mêmes des tartines, qu'il ne fallait pas qu'elle s'inquiète. Elle a dit : «Je ne m'inquiète pas.» J'ai jeté un coup d'œil à mon téléphone pour vérifier l'heure.

14 h 30. L'eau du bain coulait, je me suis regardé dans la glace. J'aimais bien cette coupe plus courte sur les côtés.

14 h 38. Allongé dans la baignoire, les yeux rivés au plafond, j'ai revu le déroulé de la soirée. Le rendez-vous, le premier verre en terrasse, le restaurant, l'hôtel. Cet anniversaire, c'était notre Everest. Un sommet auquel nous avions souvent rêvé. Mais dont nous avions maintes fois été tentés d'abandonner l'ascension. Nous y étions enfin. C'était là, ce soir. Maintenant.

15 h 10. J'ai retourné l'armoire de la buanderie pour mettre la main sur mes chaussures de ville. Elles y étaient rangées depuis le mariage de ma cousine. J'ai enfilé un jean et, posté devant le miroir droit de Léa, j'ai essayé mes quatre chemises. Face. Profil. Je rentrais le ventre et me sentais ridicule d'essayer de me trouver beau. J'ai finalement opté pour la bleue. Pas parce qu'elle m'affinait plus que les autres, mais parce

que c'était un cadeau de Léa et que, ce soir, chaque détail allait compter.

15h45. Je suis sorti par l'arrière de la maison pour rejoindre la rue adjacente à la nôtre et récupérer ma voiture. J'ai enfilé ma veste et, comme si de rien n'était, je me suis garé devant la pharmacie qui était vide. Léa a semblé surprise.

– Qu'est-ce que tu fais habillé comme ça ? Tu sors ?

– Oui. Et toi aussi !

« On va manger un bout ? » ai-je proposé. Nous nous sommes donné rendez-vous à 19h15 dans un bar de la place du Châtelain. Jetant un coup d'œil au fond de la pharmacie pour s'assurer que personne ne l'entende, elle a dit : « T'es beau comme ça ! » Ça faisait une éternité qu'elle ne m'avait pas dit ça. La soirée commençait bien.

18h45. Je suis arrivé une demi-heure en avance. Dans ma poche de gauche, ma plaquette de Cialis. Il faisait beau, les terrasses étaient bondées, les gens profitaient des derniers beaux jours.

19h12. Elle était d'une beauté… Les cheveux tirés vers l'arrière, laissant éclater son regard. C'est ce que j'avais aimé en premier chez elle. Ses yeux qui, à leur extrémité, remontaient légèrement vers le haut. Elle portait un jean noir, un chemisier blanc et un long pull gris anthracite dont les seuls points de couleur étaient deux petites bandes rouges surmontant ses poches. Ma femme était physiquement victorieuse sur le temps. Un été qui ne sent pas venir l'automne. J'étais fier d'être assis à sa table. Ce qui, après vingt ans, me paraissait déjà tenir d'une certaine forme d'exploit.

19 h 14. J'ai enlevé ma veste pour me ressembler un peu plus. Vin blanc pour elle, rouge pour moi. On a trinqué et j'ai dit : « Putain, vingt ans ! » Plus de sept mille nuits passées ensemble. Sept mille fois à se demander : « A-t-elle envie de moi ? » « Que dira-t-elle si maintenant, je glisse ma main dans le bas de son dos et qu'avec le pouce, je descends sa culotte à mi-fesses ? Va-t-elle se tortiller et faire un geste de recul ? Va-t-elle dire "Pas aujourd'hui, demain peut-être" ? Sept mille rounds dont nous portions tous deux les traces. Vingt années à tenter de rester soi, à lâcher du lest, à s'amocher, parfois se nuire. Pour parvenir, dans les interstices, à se chérir. J'ai dit « Putain, vingt ans », parce que, après sept mille rounds, nous étions toujours debout.

19 h 17. Un couple de vieux s'est installé à la table voisine.

19 h 18. Nous n'étions plus habitués à nous retrouver face à face sans possibilité d'évasion. Ici, il n'y avait pas l'opportunité d'une machine, d'une vaisselle, d'une télé, d'une toilette anticalcaire ou d'un puzzle. Il fallait remplir le vide auquel nous n'étions plus habitués. Il a été question de nos boulots. J'ai dit : « Ils me font un peu chier mais ça va. Je crois que personne ne rêve de ça quand il est gamin. » Elle a répondu : « Toi et tes rêves... » La vieille dame de la table d'à côté a été prise d'un rire dément.

19 h 23. Ils devaient avoir plus de quatre-vingts ans. Elle portait un imper beige, lui un costume cravate gris. Elle a tenté d'étouffer son rire en posant son foulard sur sa bouche. Son mari a repris son histoire de plus belle. Il faisait de grands gestes. Qu'avaient-ils encore à se raconter après toutes ces années ? Quand les enfants sont partis et que la maison a été payée, quand on ne travaille plus et que l'on peut enfin prendre le temps de vivre, que reste-t-il à partager ? J'ai tendu l'oreille sans parvenir à comprendre ce qu'ils se disaient.

20 h 10. Nous avons laissé nos voisins à leurs histoires. Le restaurant n'était qu'à deux pas. À vrai dire, je n'avais pas faim mais il était encore trop tôt pour le champagne. Dans l'entrée, Léa a jeté un coup

d'œil à la carte et j'ai cru percevoir une légère grimace. « Quelque chose ne va pas ? – Si, tout va bien. C'est juste qu'il n'y a pas grand-chose de végétarien. » J'avais réservé la meilleure table. On a discuté de la déco du restaurant, de l'école, de cette série démente qu'il fallait voir mais dont elle ne se rappelait pas le nom. On ne parlerait pas de nous et peut-être que ça valait mieux comme ça. Je lui ai répété : « Putain, vingt ans. » L'horloge à l'entrée des cuisines indiquait 20 h 30. Sous la table, mes pieds s'agitaient. J'avais les mains légèrement moites. Je les voulais sur elle. Dans son cou, son dos, à l'intérieur de ses cuisses, sur son cul.

20 h 38. La question est partie toute seule : « Pourquoi on ne fait plus jamais l'amour ? » Elle a reposé son verre. Comme si elle venait de comprendre que j'avais moi aussi constaté que nous ne baisions plus depuis un an. Depuis ce matin où notre fils s'était réveillé plus tard que d'habitude, qu'il avait dit à sa sœur qu'elle était moche et s'était soudainement mis à collectionner les rouleaux de papier toilette. « C'est parce qu'on est fatigués », a-t-elle tenté. Elle n'a pas dit : « Nous ne sommes plus un couple mais une famille. C'est comme ça pour tout le monde, les priorités changent. Et puis, tu sais, la passion… » Elle n'a pas dit ces choses car nous étions assis face à face

au restaurant. Que ce n'était tout simplement pas le moment. Mais je savais, au fond de moi, qu'elle les pensait. Ne fût-ce qu'un petit peu.

20 h 47. Nous avons commandé. Après s'être assurée qu'il n'y aurait ni lard ni œufs, Léa a choisi un plat avec un nom compliqué. J'ai opté pour un trio de pâtes. On a repris du vin.

21 h 35. La bouteille était vide. Demain était une grosse journée. Elle devait se lever tôt. Nous n'allions plus tarder. J'ai ressenti une vive douleur à l'estomac, qui s'est vite estompée. On a commandé deux cafés. J'ai prétexté un besoin urgent. Dans les toilettes, j'ai avalé une pilule de Cialis et fus tenté d'en prendre une seconde afin de mettre toutes les chances de mon côté. Mais je ne l'ai pas fait. J'avais envie de bander, pas d'avoir un arrêt cardiaque.

22 h 02. « Merci, j'ai passé une bonne soirée », a-t-elle dit en enfilant sa veste. « C'est gentil d'avoir organisé ça... » Pour elle, la soirée touchait à sa fin. Pour moi, elle ne faisait que commencer.

22 h 04. En sortant du restaurant, j'ai allumé une cigarette. Léa me l'a reproché. Elle m'a conseillé de suivre son exemple. Elle avait arrêté comme ça, d'un

jour à l'autre, et ça ne lui manquait pas. Il suffisait d'un peu de discipline. Nous avons bifurqué dans la rue Américaine. Au loin, l'écriteau Studio 68 clignotait, rouge sur noir. Je pouvais tout annuler, passer devant comme si de rien n'était, retourner à la voiture sans rien dire, rentrer à la maison, me laver les dents, lui dire que j'avais passé une belle soirée et que l'on devrait faire ça plus souvent. Je pouvais ne rien faire et continuer d'étouffer sans faire de bruit. L'hôtel était à vingt mètres à peine. Je pouvais aussi m'arrêter net, ici. Et lui dire : «Viens à l'hôtel avec moi, j'en meurs… J'ai envie de ta peau, j'ai envie de tes mains, je veux tes soupirs, je veux tes yeux sur moi ! Je veux que tu m'aimes ! »

22 h 05. Je l'ai attirée dans mes bras : « Embrasse-moi… Ici… Dans la rue, comme avant… » Elle a passé ses bras autour de mon cou. «T'es con de croire qu'on a toujours vingt ans… » Je me suis mis à bander.

22 h 06. Mon cœur pompait. Réaction imputable à l'ingestion du médicament et à la peur qui m'avait saisi de devoir lui avouer qu'en réalité, la soirée n'était pas terminée. Qu'il restait à en dérouler le dernier acte. C'était ici et maintenant que nous devions être sauvés. Et je n'allais pas, cette fois, passer mon tour. Maladroitement, je lui ai dit en montrant la façade :

«Tu savais qu'il y avait un hôtel comme ça dans le quartier ?» Elle s'est approchée de l'écriteau : «Le Studio 68 est ouvert 24h/24. Entrée discrète au 68 rue Faider. Pour tous vos rendez-vous de charme». Je lui ai pris la main. «Viens, Léa, on y va ! Viens. J'en ai envie. Vingt ans, ça se célèbre !» Elle a d'abord cru à une plaisanterie. Puis, devant mon insistance, a résisté en prétextant sa journée du lendemain, les gosses qu'il fallait aller rechercher le matin. «On peut prévoir ça une autre fois si tu veux...», a-t-elle tenté. Sur le pas de la porte, je lui ai dit qu'on ne pouvait plus remettre systématiquement les belles choses au lendemain. Qu'on allait mourir, qu'un beau jour, nous ne serions plus. Je lui ai sorti ma panoplie du parfait angoissé. Elle a levé les yeux au ciel et m'a suivi à la réception.

22h16. Nous sommes montés par l'étroit escalier. Elle me suivait sans rien dire.

22h19. La Zen était sobre et solennelle. Moquette épaisse, murs et tentures d'un noir profond. Finalement, la boule à facettes était parfaite. Je m'étais inquiété pour rien. Le champagne nous attendait sur la table basse. En entrant dans la pièce, j'ai tenté de lire sur son visage. Rien. Par réflexe, elle s'est installée sur le divan.

22 h 20. J'ai débouché la bouteille. Après avoir enlevé sa veste, elle a mis les mains devant ses yeux comme pour dire « Je n'y crois pas ». Nous nous sommes installés sur le lit. Elle s'est accoudée et m'a regardé comme si elle me voyait pour la première fois. « Qu'est-ce qui t'arrive ? Tu es dingue », a-t-elle dit. « J'avais juste envie qu'on se retrouve. Nous deux. » Je l'ai embrassée du bout des lèvres et nous avons trinqué. À ce stade, un supplément d'alcool ne pouvait pas faire de mal.

22 h 23. Je l'ai déshabillée. Sa petite blouse blanche d'abord, son soutien-gorge, son pantalon noir. J'ai posé une main tremblante sur son sein droit. Je ne sais pourquoi, c'est toujours celui que je caressais en premier. La froideur de sa peau, le relief de son téton. Elle avait les yeux rivés sur mes doigts qui la caressaient. Elle a dit : « Embrasse-moi. » Nos langues se sont retrouvées. J'ai senti ses mains pousser contre ma poitrine. « Attends deux secondes… J'ai la tête qui tourne. On a un peu trop picolé, je crois. » Elle est partie dans un fou rire avant de revenir à elle. « On s'en fout », a-t-elle dit en saisissant son verre. Agenouillée sur le lit, elle l'a vidé d'un trait et de l'autre main m'a caressé entre les jambes. Le sommet de l'Everest. Nous y étions. C'était maintenant. Je lui ai

dit « Donne-moi deux minutes » et je me suis rué dans la salle de bains pour prendre un deuxième Cialis. Je m'en foutais d'avoir un arrêt cardiaque, je voulais bander, faire l'amour à ma femme, la faire jouir cent fois, que l'on soit un couple, qu'on se frotte et qu'on crie. Conscient qu'à la quarantaine, une vessie vide favorise l'érection, je me suis octroyé un petit pipi. Je venais de tirer la chasse quand je l'ai entendue crier : «Viens ! Viens vite ! »

On se fait des films, nous les hommes, tout le temps. On interprète les signes, on fantasme sans arrêt, on prend des auberges pour des châteaux. «Viens ! Viens vite ! » Je me suis regardé dans la glace en regrettant immédiatement le spectacle que je venais de m'offrir. Trop de cheveux gris, trop de ventre, trop d'années sur mon visage. Comment notre corps peut-il aussi peu ressembler à ce que nous sommes réellement ? «Viens ! Viens vite ! » Elle était probablement étendue sous les draps, entièrement nue. Prête pour nos retrouvailles. Le médicament faisait son effet. Je baissai mon caleçon et contemplai avec curiosité ce sexe raide. Léa avait peut-être raison. Peut-être que ce soir, enfin, j'étais beau…

22 h 27. Elle était assise sur le rebord du lit, en culotte et seins nus. Tétanisée, elle a juste remué la

télécommande en direction de la télévision et m'a fait signe de me taire. « La France est actuellement sous le feu d'une attaque terroriste sans précédent, cela ne fait plus aucun doute », a dit une journaliste paniquée. Léa zappait de façon compulsive. Les chaînes étaient sur le pied de guerre. Des bandeaux défilaient : « Une fusillade à la kalachnikov a fait plusieurs morts dans un restaurant du Xe arrondissement de Paris », « Explosions et fusillade à Paris. La préfecture donne un premier bilan de 18 morts ». Une jeune fille en veste bleu marine a dit : « Ça a fait une grosse lumière blanche, j'ai senti le sol trembler, alors je suis sortie. » Dans la pénombre d'un bar, un jeune homme assis sur une chaise reprenait ses esprits : « Des types sont arrivés avec des mitraillettes et ont commencé à tirer sur tout le monde. » Léa a zappé. Un jeune homme, témoin de la scène, expliquait au téléphone : « Toutes les tables ont été renversées, tous les verres sont tombés, je suis passé par une sortie de secours... Une fois dans la rue, j'ai vu les corps par terre. » La télévision diffusait des images de tweets envoyés dans la soirée : « Série de tirs dans le Xe, quelqu'un a des infos ? », « Fusillade boulevard Voltaire à une terrasse de café », « Appelez la police, au Bataclan, il y a un carnage ».

La bouteille de champagne était à moitié pleine. Les vêtements de Léa traînaient au pied du lit. La télévision diffusait de nouvelles images de cordons de sécurité, de journalistes repoussés au coin des rues, d'attroupements, de témoignages, de visages déformés. De témoins qui disaient avoir entendu la marque du Diable. « Oui, monsieur, je l'ai entendu très clairement, ils ont crié plusieurs fois "Allahou Akbar" ! »

Dans les minutes qui avaient suivi 21 h 20, alors que je m'étais éclipsé du restaurant pour prendre mon médicament, trois explosions s'étaient fait entendre aux alentours du Stade de France. Peu après, au croisement des rues Alibert et Bichat, dans deux cafés, des hommes à bord d'une Seat noire avaient tiré au fusil d'assaut, faisant 15 morts et 10 blessés. Cinq minutes plus tard, au café La Bonne Bière, les tueurs de la Seat noire avaient fait 5 victimes de plus. Avant de fondre sur un autre bar, La Belle Équipe, et de tuer 19 autres personnes. Peu de temps après, trois autres individus à bord d'une Volkswagen Polo noire arrivaient au Bataclan, tiraient en rafale et prenaient les spectateurs du concert en otage. Les équipes de télévision, agglutinées à quelques centaines de mètres de la salle, tentaient à coups de zoom d'obtenir des images exclusives. La panique, les cris, les coups de feu, les corps, les longues secondes de silence avant les prochains cris. La guerre. Au même moment, sur un trottoir de la place du Châtelain, je demandais à ma femme de m'embrasser. Dans la rue. Comme avant. Et elle m'avait répondu : «T'es con de croire qu'on a toujours vingt ans.»

22 h 48. L'équipe d'intervention rapide du RAID est arrivée au Bataclan.

22 h 57. Léa était rhabillée et assise par terre contre le rebord du lit. Les premiers experts arrivaient en plateau pour commenter les événements. Le décompte des morts s'affolait. L'impression que plus jamais ça ne s'arrêterait. Mon cœur pompait dangereusement, à cause du deuxième médicament. Je culpabilisais de ce sexe droit qui continuait de se dresser dans mon caleçon. Je lui ai dit que je l'aimais.

00 h 18. L'assaut était donné sur le Bataclan, où des centaines de personnes étaient encore coincées. « Un carnage est plus que probablement en cours », a rappelé une journaliste. La bouteille de champagne était certainement chaude. La boule à facettes ambiançait toujours la chambre. De l'autre côté de la paroi, un couple faisait l'amour. C'est comme ça, il y en a qui n'allument pas la télé. Léa essuyait ses larmes.

00 h 58. Le RAID et la BRI mettaient fin à l'attaque du Bataclan. Nous avons éteint la télévision. En

silence, parce que rien ne pouvait être dit, nous avons quitté la chambre. À la réception, la jeune fille qui visiblement n'était au courant de rien nous a adressé un large sourire. « Du minibar ? a-t-elle demandé. J'espère que vous avez passé une agréable soirée. » Main dans la main, dans le quartier maintenant désert, nous avons marché vers la voiture. On a allumé la radio. Elle avait les yeux rivés sur la route. Je ne sentais ni son souffle ni son odeur. Peu à peu, Léa s'évaporait.

Quand Léa s'est réveillée, je surfais déjà sur le Net, hypnotisé par le décompte des morts, les premières photos des victimes, la chronologie de la soirée détaillée minute par minute. Elle m'a demandé les nouvelles fraîches et a placé discrètement : «Je suis désolée pour hier...» Elle s'est habillée en vitesse. Elle était pressée de récupérer les enfants. Ce matin-là, plus encore que tous les autres, elle avait besoin de les sentir, de les serrer dans ses bras.

Je me suis enfermé dans les toilettes. J'avais besoin de mon tout petit monde. De mes quatre murs aux motifs fleuris dans lesquels rien ne pouvait m'atteindre. Que pouvaient bien se dire les deux petits vieux à la terrasse ? Qui avait eu l'idée un beau jour d'inventer le Cialis ? Pourquoi Léa avait-elle allumé la télévision ? Qu'est-ce qui avait poussé ces jeunes gens à vouloir mourir un 13 novembre ?

Quand est-ce que ça a commencé ? Qu'est-il arrivé pour qu'ils n'aient plus envie de vivre, de déjeuner en famille le dimanche, de se vautrer dans le canapé, de draguer, d'espérer se frotter au corps d'un ou d'une autre ? Comment est-ce possible de ne plus avoir envie de voir demain ? Pourquoi étions-nous restés tétanisés sur ce lit, sans un mot de réconfort ? Il restait sa main dans la mienne, quelques regards attentionnés et le baiser que nous avions échangé. Il ne restait plus grand-chose. Que notre cadavre, qui bougeait encore.

Assis sur ma cuvette anticalcaire, je fixais les photos des enfants. Je m'arrêtai sur le visage de mon fils. Rien sur la photo ne laissait présager qu'un jour, il ferait pleuvoir le napalm sur notre famille.

Un bruit de porte. Paul a hurlé sur sa sœur parce qu'elle lui barrait le passage dans l'escalier. « Bouge-toi, grosse ! » Sa mère est intervenue. Il était prié de parler poliment et ne pouvait pas tout se permettre sous prétexte qu'il s'était levé du pied gauche. Il a dit : « Vous faites tous chier ! » et il est allé se recoucher. Léa et Élise se sont installées pour petit-déjeuner. Quelques minutes plus tard, Léa a parlé au chien : « Je vais travailler, sois gentil, hein ! » La scène avait duré près d'un quart d'heure et personne ne s'était demandé où j'étais. Dans cette maison, je pouvais disparaître. On ne remarquait rien.

« Quand est-ce que ça a commencé, cette prise de distance avec votre femme ? » Toujours assis sur les toilettes, j'étudiais une nouvelle fois la question. J'avais quelques idées mais ne parvenais pas à isoler un événement particulier. Un moment précis où, après la passion, nous avions commencé notre longue descente vers la cohabitation. Il devait y avoir un instant précis. Un moment fondateur. Quand Léa avait-elle opté pour le puzzle ? Et moi pour le confinement aux toilettes ?

La liste des potentiels coupables était longue. Nos boulots, la charge grandissante des enfants, les conflits sur l'éducation, les mêmes remarques faites mille fois qui ne portaient jamais leurs fruits, les obligations ménagères, les désillusions, les range-ta-chambre, donne-moi-ton-téléphone, tu-as-fait-tes-devoirs, reste-à-table ! Les morsures, les mots durs. Trop de souvenirs. Trop d'années. Et puis, il y avait Paul, dont les assauts avaient fini de nous achever. Mais il n'était en rien l'événement fondateur de notre misère. Juste le symptôme d'une maladie qui s'était déclenchée bien avant son entrée dans l'adolescence.

Laquelle ? Je devais trouver la réponse. Quitte à payer cinquante euros, autant arriver chez ma psy avec une théorie qui tienne la route.

J'ai ouvert la trappe et pris une farde au hasard dans ma petite boîte en carton : Reykjavik. Photos en pagaille et somme d'informations pratiques. Notamment un dépliant d'Icelandair faisant la promotion des vols au départ de Paris. Reykjavik est la capitale et la plus grande ville d'Islande. Son nom veut dire « baie des fumées » en raison de la vapeur provenant des sources chaudes de la région. L'Islande a la densité de population la plus faible d'Europe : 3,2 habitants par kilomètre carré. Autrement dit, si tu es islandais, tu ne dois jamais oublier d'acheter du pain et des clopes. Sinon, tu peux facilement y passer la nuit. Le pays comprend de nombreuses failles éruptives, des sources thermales, des geysers. On y trouve plusieurs sites remarquables : les chutes d'eau de Skógafoss, Dettifoss ou Seljalandsfoss, les fjords du nord-ouest, la plage de sable noir de Vík, le lac Mývatn, les icebergs du lagon de Jökulsárlón, le canyon de Fjadrárgljúfur Eh bien, sûr les innombrables volcans dont le plus célèbre : Eyjafjallajökull. Tous les guides le confirment, un premier voyage en Islande doit commencer par la visite du cercle d'or, qui désigne les trois sites les plus touristiques de l'île : le parc de Thingvellir, la chute de Gullfoss, et la ville de Geysir où le puits propulse, toutes les dix minutes, des dizaines de litres d'eau bouillante à plus de soixante-dix mètres de haut.

Le charme de l'Islande ne se limite pas à ses paysages. Si une route doit être construite dans ce pays bercé de traditions et de magie, on se doit de consulter des spécialistes de la littérature traditionnelle islandaise pour s'assurer que les travaux ne perturberont pas l'habitat des elfes, auxquels croient encore soixante-deux pour cent de la population. Et puis, il y a l'islandais, l'une des plus vieilles langues parlées au monde, puisqu'elle n'a pratiquement plus évolué depuis mille ans et l'époque des Vikings. L'isolement du pays et son importante tradition écrite ont permis une conservation exceptionnelle de la langue originelle (le norrois, pratiqué au Moyen Âge). Ainsi, encore aujourd'hui, des écrivains et terminologues sont chargés de créer de nouveaux mots afin de l'adapter à l'évolution de la société, des usages et des nouveaux concepts, dans le plus pur respect des traditions. Un seul exemple : *tölva*, formé à partir des mots chiffre (*tala*) et magicienne (*völva*) et qui veut dire ordinateur. C'est splendide.

En France, nous ne nous sommes pas préoccupés de l'indicible et de la beauté. On a préféré mettre l'accent sur la discipline, le feutre rouge, la hiérarchie, le rang, le silence et les propriétés du triangle scalène.

Le soir, à table, Élise a posé un tas de questions : « Est-ce que c'est la guerre ? », « Des enfants sont morts ? », « Pourquoi ils ont fait ça ? », « C'est quoi la barbarie ? », « Est-ce que ça peut arriver chez nous ? » Une fois de plus, nous n'étions pas préparés. On s'en est sortis comme on a pu en cherchant les mots justes, en se faufilant, en minimisant parfois. On a fait ce que tous les parents ont fait ce jour-là : de notre mieux. Paul, lui, suivait attentivement la discussion. Mais il n'a pas ouvert la bouche.

J'ai cherché l'ouverture, le moment opportun pour parler à Léa de la soirée de la veille. De l'espoir que j'y avais placé, du fait que j'étais intimement convaincu que si nous rattrapions les rênes de notre couple, alors nous pourrions retrouver notre fils et une vie de famille digne de ce nom. Mais ce moment n'est pas venu. Une fois les enfants dans leurs chambres, nous avons allumé la télévision et sommes restés hébétés devant les éditions spéciales que les chaînes consacraient à la tragédie. L'enquête progressait d'heure en heure, les premiers noms de terroristes étaient cités, on parlait de Daesh, de la Syrie et de Molenbeek, petite commune bruxelloise située à seulement vingt minutes de chez nous. Les journalistes ne cessaient de dire : « Les événements de cette soirée, en images ». Nous avons vu des morts, des blessés, des rescapés, des minutes de silence. Et puis, vers 11 heures, Léa s'est endormie.

J'en ai profité pour aller embrasser les enfants et leur dire qu'il était temps d'éteindre les lumières. Arrivé sur le palier, j'ai entendu un grommellement bestial provenir de la chambre de Paul, que j'attribuai à la série sur les zombies à laquelle il était accro à cette époque. Pensant qu'il s'était endormi devant son ordinateur, je suis entré sans frapper. « Tu peux pas prévenir, non ? » a-t-il éructé. Son ordinateur était fermé sur son bureau et il plaquait son téléphone sur sa poitrine comme si sa vie en dépendait. Son visage était livide.

– Qu'est-ce que tu faisais ? ai-je demandé.

– Rien, bredouilla-t-il. J'étais sur Facebook !

– Donne-le-moi.

– Non !

– Donne-le-moi !

– Non, dégage de ma chambre !

Persuadé qu'il était en train de mater une vidéo porno, je renonçai à lui reprendre le téléphone de force. D'autant que j'estimais qu'il en avait le droit à son âge. Si j'avais eu Internet à quinze ans, j'en aurais fait autant. J'étais sur le point de faire demi-tour et de quitter sa chambre quand il a crié : « Fous le camp de ma chambre, Papa ! C'est chez moi ! Casse-toi ! » Il avait cessé, depuis un an, de m'appeler Papa. Sans y réfléchir, presque par réflexe, je fonçai sur lui, m'emparai du téléphone et sortis de sa chambre. « Connard ! » Mon regard se posa alors sur l'écran et sur une image fixe de la vidéo mise en pause. Plutôt qu'une blonde à gros seins, j'y vis une silhouette vêtue intégralement de noir menacer au couteau un homme en orange agenouillé dans le désert. Je connaissais cette image puisqu'un très court extrait en avait été diffusé dans les journaux télévisés quelques mois auparavant : Jihadi John décapitant le journaliste de guerre américain James Foley. Je fermai la page pour ne plus jamais avoir à poser mon regard sur cette image. Sur le pas de sa porte, j'ai dit doucement :

– Paul, je vais entrer. S'il te plaît, il faut que nous gardions tous les deux notre calme maintenant…

– Rends-moi mon téléphone ! Et dégage !

Lentement, comme je l'aurais fait pour entrer en contact avec un animal sauvage, je me suis dirigé vers son lit au bout duquel je me suis assis.

– C'est des copains de l'école qui parlaient de ça aujourd'hui sur Facebook. Je voulais voir…

– Tu ne dois pas.

– Je voulais voir ce que c'était… Savoir si c'était vrai !

– Tu n'as pas besoin de voir la chose pour te dire qu'elle existe. Tu ne peux pas regarder ce genre de vidéo, personne ne peut regarder ça ! Ça ne te suffit pas de savoir que ce type va couper la tête à ce pauvre gars ? Il faut que tu le voies ?

– Oui, ça va ! Tu vas pas me faire la morale non plus !

– Mais bien sûr que je vais te faire la morale ! Paul, tu es en train de regarder tout seul dans ta chambre la vidéo d'un mec en train de décapiter un être humain. Tu ne trouves pas ça inquiétant ?

– Non, je voulais juste savoir. Et en plus, j'allais arrêter, je trouvais ça dégueulasse.

– Mais tu étais quand même encore en train de regarder.

– Je sais…

– Et tu allais garder ça pour toi toute la nuit et demain, frimer devant tes copains en disant que tu l'avais vue ? Que c'était trop cool ! Que le meilleur moment, c'est quand le type lui arrache la tête et la brandit en signe de victoire !

Il était blanc comme un linge.

Je tentai de lui expliquer pourquoi James Foley avait été décapité en plein désert. Pourquoi Daesh n'arrêtait plus de couper des têtes. Mais je m'embrouillais. Comment expliquer à un adolescent des faits qui vous dépassent vous-même complètement ?

– Ces types sont emplis de colère. Ils ne supportent pas que l'on puisse penser et vivre différemment d'eux ! Ils veulent que l'on applique leurs propres lois.
– Un peu comme toi, a-t-il plaisanté.

Désarçonné par son trait d'humour, je lui ai dit que je l'aimais. Je gardais le téléphone jusqu'au lendemain. S'il voulait reparler avec moi de ce qu'il avait vu, il le pouvait bien entendu.

Je suis redescendu au salon pour réveiller Léa et lui dire de monter. Je ne lui ai rien expliqué. Je voulais que cette histoire soit derrière moi. Le plus loin possible. Et pour mettre les choses à distance, je n'avais encore rien trouvé de mieux que le silence.

– Essaie de ne pas crier « Allahou Akbar » dans la cour aujourd'hui !

Nous étions lundi matin. Paul, son sac sur l'épaule, a lancé « Boulet ! ». Élise m'a dévisagé. Tous deux ont embrassé leur mère et sont sortis en claquant la porte d'entrée. Léa m'a grondé : « Ça ne va pas de plaisanter avec ça ? » Je lui expliquai que c'était un trait d'humour un peu ridicule, une tentative désespérée de me rapprocher de lui. J'étais anxieux à l'idée de mon rendez-vous avec le proviseur. Le timing ne jouait pas en notre faveur.

Plus encore que cette entrevue, l'idée même de pénétrer dans une école me perturbait au plus haut point. Arrivé avec un quart d'heure d'avance, je fumais une cigarette dans ma voiture, les fenêtres entrouvertes, lorsqu'une camionnette bleue se gara à côté. Il en sortit un petit homme rond et chauve d'une cinquantaine d'années. Sa chemise était une taille trop petite et un nœud papillon rouge finissait de l'étrangler. La voix pâteuse que j'avais entendue au téléphone collait parfaitement avec cette silhouette courtaude et ventripotente. Il saisit une petite sacoche en cuir brun sur le siège passager et pénétra dans l'école.

Lui laissant quelques secondes d'avance, j'entrai à mon tour sous l'immense porche, pris le long couloir bordé de photos de classe. Le vieux carrelage, les bruits de pas qui résonnent, les portes des classes numérotées, le tableau d'affichage, la salle des profs. Le bureau de la directrice s'ouvrit lorsque j'arrivais à sa hauteur. Elle portait un legging gris qui laissait déborder de larges bourrelets juste au-dessus des genoux. Pourquoi son mari la laissait-il sortir dans pareille tenue ? Bouche pincée et nez légèrement crochu, elle avait de petits yeux encaissés qui lui donnaient l'apparence d'une souris charnue. Mais le pire c'étaient ses ongles qu'elle avait peinturlurés avec de petites étoiles, comme le font les adolescentes. Non seulement elle avait un physique ridicule, mais elle semblait déployer une énergie considérable à ce que cela se voie le plus possible.

– Vous êtes le papa de Paul ? me dit le petit homme bedonnant qui venait de surgir dans le couloir. Après une poignée de main inconsistante, il m'invita dans son bureau et m'indiqua la chaise sur laquelle je devais prendre place.

– Je n'irai pas par quatre chemins, dit-il. Certains professeurs sont venus me voir, déjà découragés. Car malgré les nombreuses mises en garde de l'an dernier, cela semble déjà « reparti comme en quarante », si je puis me permettre l'expression.

Qui me parut abusive. Mais je le laissai à sa métaphore guerrière.

J'étais parfaitement conscient de l'insolence de mon fils et avouai que nous étions nous aussi démunis face à la situation. Ils étaient habitués à ce genre d'élève mais s'étonnaient de n'avoir vu aucune amélioration malgré le programme d'accompagnement personnel.

– Je dois bien avouer que dans le cas présent, ce n'est pas une réussite, a-t-il précisé.

– C'est peut-être une question de temps, hasardai-je. Peut-être faut-il juste attendre qu'il ait le déclic…

– Peut-être. Mais la situation devient ingérable et nous ne pourrons pas patienter indéfiniment. Il bavarde sans cesse, dérange la classe, se lève en plein cours, répond aux professeurs avec un vocabulaire inapproprié. Et puis, il y a ce pourquoi je vous ai convoqué aujourd'hui : je vous rappelle qu'il a crié «Allahou Akbar» dans la cour de récréation !

J'avais tout à fait conscience de la gravité des faits mais je précisai tout de même qu'en raison de l'actualité du week-end, notre rendez-vous tombait mal. Qu'il ne fallait pas que les événements pèsent injustement dans la punition qu'il comptait infliger à mon fils. Il ne fallait pas le comparer aux sauvages qui avaient mis Paris à feu et à sang. Partagé entre l'idée de défendre mon garçon et celle de le voir puni pour un acte que je considérais moi aussi comme grave, je lui expliquai enfin qu'une sanction démesurée n'était pas une solution et qu'un avertissement lui ferait le plus grand bien.

Il m'a coupé la parole :
– Monsieur, vous devez comprendre que nous songeons déjà à une exclusion !

Une décharge a parcouru mon cerveau, de l'os occipital au milieu du front. Comme un tendon qui claque, un court-circuit au sommet du crâne. Mon corps s'est engourdi, ma vue s'est brouillée, mes oreilles se sont bouchées. J'ai baissé la tête, fermé les yeux et posé les deux mains à plat sur son bureau en inspirant le plus profondément possible. J'ai senti sa main sur mon épaule. «Vous voulez un verre d'eau ?» Et puis, aussi soudainement qu'elle était apparue, la douleur a disparu. «Ne vous inquiétez pas, cela m'arrive souvent», ai-je menti.

Je le priai de réfléchir à deux fois et de parler aux professeurs. Il fallait les convaincre d'être patients, de continuer à se battre. Ils auraient alors accompagné un élève dans ses années difficiles et lui auraient permis, à force de confiance et d'encouragements, de surmonter ces moments laborieux. Ce qui me paraissait être l'une des plus nobles valeurs de l'enseignement.

Et là, il a sorti l'artillerie lourde.

– C'est comme ça, monsieur, quand il y a une pomme pourrie, on l'enlève du panier. C'est une question de bon sens.

Abasourdi par sa métaphore fruitière, je ne trouvai rien à répondre. Il me dit qu'il comprenait mon inquiétude, et m'annonça qu'il allait parler à l'ensemble de ses collègues, et essayer de temporiser avec les professeurs «en détresse». Dès cet après-midi, il convoquerait mon fils dans son bureau pour préciser les termes d'un nouveau programme d'accompagnement. Dans les semaines à venir, un bilan serait tiré de l'expérience. Si Paul n'avait pas répondu aux attentes de ce programme, il serait alors renvoyé.

Avant de me libérer, il se permit d'ajouter que le conseil de classe nous suggérait de voir un psychiatre qui pourrait éventuellement mettre notre fils sous Ritaline, une sorte de calmant pour enfants hyperactifs ou ayant des troubles de l'attention. Une amphétamine de plus en plus prescrite dans le milieu scolaire, qui améliore les performances des enfants. Et facilite aussi, par l'apathie soudaine des gamins, la vie des parents et des enseignants stressés. Ainsi, l'école n'hésite plus à inscrire les enfants sur la liste des dopés précoces qui, plus tard, entreront à l'université où la pression sera plus grande encore. Ce qui les poussera, en bons petits junkies qu'ils seront devenus, à augmenter les doses ou à passer à d'autres drogues plus radicales.

Les enfants sous Ritaline, les ados sous cannabis, les parents sous antidépresseurs. Tout va bien !

J'étais debout dans son bureau, la poignée de porte en main, quand je repensai à notre conversation téléphonique.

– Excusez-moi, quelle était cette autre chose dont vous deviez me parler mais que vous ne vouliez pas me dire au téléphone ?

– Ah oui… Nous avons découvert un trafic de drogue dans l'école. Un élève a été identifié et renvoyé sur-le-champ. Nous n'avons aucune preuve de l'implication de votre fils mais cet élève était dans son petit groupe d'amis. Je voulais donc vous demander d'en discuter avec lui car malgré la pression mise sur le sujet identifié, il ne veut rien dire.

– Je lui en parlerai.

– Entendez-moi bien, je ne l'accuse pas. Je veux juste que lumière soit faite !

Je le remerciai et sortis de son bureau. L'épée de l'exclusion allait une fois de plus peser sur les épaules de mon garçon, sur son cerveau inachevé et ses pulsions juvéniles. Dans le parking, je me suis appuyé contre ma voiture pour griller une cigarette. La camionnette bleue de Mollasson était là. J'ai regardé alentour et constatant que je ne pouvais être vu, j'ai craché sur sa vitre.

« C'est comme ça, monsieur, quand il y a une pomme pourrie, on l'enlève du panier. C'est une question de bon sens. » Je l'imaginais, jeune professeur, produire avec une certaine jouissance un crissement avec la craie sur le tableau noir. La colère est montée. J'ai griffé sa camionnette de merde avec ma clé sur un bon mètre.

J'ai détesté l'école et elle me l'a bien rendu. J'ai maudit le fait de devoir rester assis huit heures par jour alors que mon corps était en éruption. J'ai maudit le fait de devoir apprendre par cœur des matières qui n'avaient aucun sens pour l'enfant que j'étais. J'ai maudit les couloirs désincarnés, la cantine, la cour de récréation. J'ai maudit le son strident de la cloche, les règles et les rangs. J'ai maudit le fait de rentrer à la maison après huit heures de cours et devoir encore travailler alors que je n'aurai qu'une seule fois dix ans. J'ai maudit l'école de tout mon petit cœur d'enfant.

J'ai vomi l'autorité des professeurs qui en abusaient sous prétexte qu'ils avaient le diplôme. «Vous n'arriverez à rien», «Pour qui vous prenez-vous ?», «Vous êtes un élément perturbateur», «Dans le fond de la classe !», «Dans le couloir !», «Sortez !», «Je ne parierais pas sur votre avenir», «Vous n'avez pas votre place ici.»

Puis, un jour, ils ont décrété : « Il est inapte, il apprendra un métier. » L'école a persuadé mes parents qu'ils avaient échoué. Et dans la débâcle, elle n'a pris aucune responsabilité. Elle a juste dit : « Il est inapte. » À propos d'un gamin de quinze ans. Sans comprendre que ça allait laisser des traces.

Mon père n'a pas réagi. Il s'est soumis à leur décision. Dans la voiture, il a dit : « Tu vois ce que tu nous fais vivre ? Tu es privé de sorties pendant un mois. » Alors, j'ai appris un métier. Et j'ai détesté ça.

À moi aussi, on avait dit « inapte », on avait dit « pomme pourrie ». Et mon père avait accepté. Non seulement il n'avait pas remis en cause le jugement de l'école, mais il l'avait appuyé. Il m'avait trahi. Je n'en ai jamais parlé avec lui.

Trente ans plus tard, l'école n'a pas changé. Elle juge toujours nos enfants sur leur capacité à accepter tête baissée son système hiérarchique. Elle continue de célébrer ceux qui acceptent ses règles et d'éconduire au fond de la classe ceux qui ne parviennent pas à s'y plier. Elle persiste dans l'idée que toute promotion sociale doit automatiquement passer par elle. Et disqualifie ce faisant toute autre forme d'univers formatif : le groupe, la famille, les loisirs, la culture. Il n'y a que ses notes qui comptent. Et elles sont fondées sur l'obéissance à des règles primitives : gavage, régurgitation. Pour ce faire, elle prend nos enfants en otage à temps plein dès qu'ils ont trois ans, pour qu'ils ne puissent jamais se douter de la possibilité d'une vie au-dehors.

L'évolution des sciences modernes a prouvé que l'immobilité physique de l'enfant est très mauvaise pour son développement. Et pourtant, l'école se fait encore assise, comme au Moyen Âge. La science a également prouvé que la capacité de concentration d'un être humain ne pouvait excéder vingt-cinq minutes. Mais l'heure de cours est toujours la norme. Elle a aussi démontré que tous les individus n'avaient pas les mêmes capacités et n'apprenaient pas à la même vitesse. L'école continue pourtant de vouloir nous faire avancer en troupeau homogène. La science a encouragé la stimulation des enfants dès le ventre de la mère. Haptonomie, musique, histoires, psychomotricité. Nous avons créé des enfants surstimulés et multitâches. Dès six ans, l'école récuse tous ces acquis pour leur demander de rester assis et de fermer leur gueule. La race a muté et l'école est restée dans les cavernes. À ce titre, elle est coupable de crime. Mais tout le monde se tait. Et moi aussi.

Quand ils étaient petits, je voyais mes enfants pressés d'ouvrir au plus vite leurs cahiers. De faire les multiples devoirs assignés, dans la perspective d'avoir une heure de temps libre entre le bain et le dîner. J'avais honte de les avoir offerts à une société organisée pour leur voler les plus beaux moments de leur vie. Il m'est souvent arrivé d'avoir envie de les libérer de leurs obligations et de leur dire : « Déchirez ces feuilles de merde ! Brûlez votre journal de classe ! Sortez dans le jardin, dans les champs, allez voir les autres ! Vous verrez, c'est la plus grande joie du monde, les autres. On se fout du triangle scalène. On l'étudiera lorsque nous en aurons besoin, quand l'école nous aura enfin donné l'envie de construire des ponts, des voies de chemins de fer, des routes. Tout ce qui nous relie aux autres. » J'avais honte de voir leur enfance et leur adolescence sacrifiées pour des devoirs à faire.

Après avoir rendu compte de l'entretien à Léa, en omettant d'évoquer mon malaise et la griffure sur la voiture du proviseur, nous avons invité Paul, comme d'habitude cloîtré dans sa chambre, à descendre pour parler des événements de la journée. Il fallait se lever de son lit, mettre des chaussures, descendre une bonne vingtaine de marches d'escalier. Il opposa donc une légère résistance mais finit par céder. Il portait un pantalon de training et un tee-shirt sur lequel était inscrit : «Thug Life». Le proviseur lui avait bel Eh bien, fait signer un nouveau programme d'accompagnement. Ils avaient parlé de son comportement et d'une éventuelle exclusion si rien ne changeait. Il a dit : «Rien à foutre.» Une fois encore, aucun mot de plus de six lettres.

Malgré son envie de quitter la pièce et de claquer la porte, quelque chose le retenait dans la cuisine. Alors que j'insistais sur le fait qu'il était grand temps de se reprendre, il a demandé :

– Je pourrais avoir le nouvel iPhone si je paie la moitié moi-même ?

Je me suis demandé comment il pourrait bien payer la moitié d'un téléphone. Les soupçons de *deal* de shit se sont précisés. On lui a dit non.

– Vous faites chier. Pourquoi je pourrais pas avoir un iPhone ?

– Parce que ça coûte sept cents euros ! Ça me semble suffisant comme argument !

– Mais pourquoi je suis tombé dans une famille de pauvres !

– On n'est pas pauvres. On a même de la chance ! On est ce qu'on appelle la classe moyenne.

– C'est toi qui es moyen. Moi, je veux être mieux que ça !

– Ben alors, t'as intérêt à étudier un peu plus !

– Je vois pas le rapport.

– C'est bien le problème ! Et puis, de toute façon, qu'est-ce que tu ferais avec un iPhone ?

Il fut interloqué par ma question.

– Ben, je téléphonerais.

– Mais ça, tu peux le faire avec ton téléphone.

– Ben non !

– Ben si !

– Ben non !

– Ben si…

Avoir un adolescent, c'est accepter de savoir perdre son temps. Et avoir de fréquentes envies de meurtre sans jamais passer à l'acte.

– Avec ta mère, on a regardé : le plus long message que tu nous aies envoyé ces derniers mois fait huit lettres. C'est « fait chier » ! Et il y a une faute parce que « fait chier », ça prend « er » vu que le verbe est à l'infinitif ! Tu nous enverrais des vraies phrases avec des verbes dedans si tu avais un iPhone ?

– Oh, tu fais chié !

L'avantage, quand il parle, c'est qu'on n'entend pas les fautes d'orthographe.

Il a fait mine de quitter la pièce mais s'est vite retourné. Le regard furieux et les poings serrés, il s'est planté juste devant moi. L'espace d'une seconde, j'ai cru qu'il allait me frapper. J'ai eu le temps de dire :

– Il va falloir grandir mon vieux !

– Ah oui ? Pourquoi ? Pour te ressembler ? Je ne veux pas te ressembler ! Je veux pas me retrouver à quarante ans avec des cheveux blancs comme toi. Je veux pas me retrouver à faire la vaisselle tous les jours, à avoir une petite bagnole et une petite maison. Je veux pas partir en vacances à la mer du Nord. Vous avez une vie de merde et en plus, vous êtes vieux. Vous êtes dépassés. Vous voulez que je vous dise ? Vous êtes un couple de merde, vous avez des vies de merde, vous êtes pauvres, vous n'avez pas d'amis, je veux pas devenir comme vous. Votre vie de merde, j'en veux pas ! Regarde-toi ! Tu t'écrases devant tout. Tu t'écrases devant ton patron, devant Mamie, devant Maman ! Tu t'écrases tout le temps.

– Je m'écrase parce que j'ai des responsabilités, mon vieux. Devant mon patron, c'est pour être sûr que tu aies à bouffer tous les jours. Devant Mamie, c'est par pur respect pour elle.

– Et devant Maman ?

– Je ne m'écrase pas devant Maman !

– Tu n'as que cinq amis sur Facebook ! Ta vie est merdique ! J'ai vingt-cinq ans de moins que toi et j'en ai déjà une centaine !

– Et tu crois que c'est une belle vie, ça ? En fait, je vais te dire : c'est ta vie qui est nulle. Tu pourrais être cool si tu faisais le minimum. Et non, tu décides de chier dans les bottes de tout le monde. C'est ta vie qui est nulle, mon petit père !

– Ben, la tienne aussi !

– Non, ma vie elle est pas nulle. J'ai un travail, j'aime Maman, j'ai une famille que j'aime.

– Ah, parce que tu m'aimes ?

– Mais bien sûr que je t'aime ! Tu es mon fils !

– Oui, mais à part ça ? À part le fait que je sois ton fils ? Tu m'aimes pour quoi ?

J'avoue, l'espace de quelques secondes, il m'a fallu réfléchir.

J'ai pensé répondre : « Je t'aime parce que c'est inexplicable. Parce que j'aime ta candeur, ton regard franc, ton insoumission et ta sauvagerie, parce que tout cela me parle, figure-toi… » Mais j'ai dit :

– Je t'aime parce que j'ai peur pour toi.

– Je comprends rien à ce que tu me dis. Essaie pas

de m'embrouiller ! Si tu m'aimais, tu me lâcherais un peu les baskets. Parce que tu me fais chier avec tes règles à la con.

– Et tu crois que ça me fait plaisir de jouer sans cesse au gendarme ?

– Ben oui, sinon, tu ne le ferais pas !

– Mais tu ne comprends rien ! Si je suis chiant avec toi, c'est parce que je veux te protéger. Mon objectif n'est pas que tu sois mon copain ! Mon objectif est que tu restes debout, que tu ne tombes pas ! C'est pour ça que je te fais chier ! Pour t'empêcher de tomber !

– J'ai plus besoin de toi pour tenir debout !

– Pour le moment, permets-moi d'en douter. Le sommet de ta joie sur terre jusqu'ici, c'est quand tu reçois une notification sur Facebook. Franchement, tu ne crois pas que la vie, ça peut être un peu plus grand que ça ?

– Qu'est-ce que ça peut te foutre ? C'est ma vie !

– Tu as raison ! Mais c'est nous qui te l'avons donnée.

J'aurais dû développer, lui dire que je faisais ça pour le préparer à avoir dix-huit ans. Pour lui apprendre à vivre avec les autres. À comprendre qu'on n'a pas toujours ce qu'on veut dans la vie. Qu'il y a des règles à respecter. Parce qu'il faut être solide pour devenir adulte. Il faut être préparé. Accepter de faire le deuil de toutes les vies qu'on ne pourra plus vivre. Mais je n'ai pas trouvé ces mots-là. J'ai simplement dit :

– Je m'en contrefous mon gars que tu connaisses les noms des rivières d'Asie du Sud.

Il m'a regardé d'un air incrédule :

– Tu m'embrouilles ! Qu'est-ce que tu racontes ? Bouge !

Avant qu'il ne quitte la pièce, je lui ai fait comprendre que je savais qu'il fumait et qu'il était soupçonné de dealer dans l'école. Il a nié en bloc. Puis, il a plongé la main dans son sac à dos. Il en a extrait son journal de classe, qu'il m'a tendu d'un geste sec.

– Il faut que tu signes ça ! Et je te le dis avant que tu me poses la question : ce n'est pas moi ! Mais je trouve ça bien cool !

Il a claqué la porte. Léa s'est tournée vers moi.

– « Tu ne peux pas lui dire que sa vie est nulle ! »

Les reproches ont fusé. Il était grand temps que je consulte un psy pour arrêter de me comporter comme « un gosse ». Je n'ai pas trouvé l'énergie de la contredire.

Elle est sortie de la cuisine et s'est installée sur le divan avec son puzzle. Son beau divan que j'ai soudainement eu envie de mettre en pièces à coups de hache. D'en faire du petit bois et de le foutre au feu, une bonne fois pour toutes. Le journal de classe de Paul entre les mains, j'ai finalement opté pour la tranquillité des toilettes. Une fois installé, je l'ai ouvert à la double page de la semaine en cours. Il y avait une lettre de Mollasson.

Courrier adressé aux parents d'élèves

Madame, Monsieur,

Ce jour, la voiture du proviseur a été vandalisée sur le parking de notre école. S'en prendre de la sorte aux biens du corps enseignant est un acte grave. Une enquête est actuellement menée au sein de notre établissement pour découvrir le ou les coupables. Si vous avez une quelconque information susceptible de faire avancer ce dossier, veuillez prendre contact avec la direction dont l'adresse électronique est mentionnée au bas de ce document. Nous sommes à votre écoute. Merci. En espérant que… et blablabla.

Le proviseur.

Je suis monté dans la chambre d'Élise. Elle m'a raconté sa journée, ses copines trop sympas, sa prof d'anglais trop belle, ses chaussures qui devenaient trop petites. Et puis, son téléphone qu'il fallait changer. C'était «une question de vie ou de mort». Je lui ai fait comprendre qu'elle exagérait. Elle a tempéré : «Ce n'est pas la fin du monde mais ça y ressemble quand même un peu.» Je me suis fait petit toute la soirée. Quand Léa a annoncé qu'elle montait se coucher, je lui ai emboîté le pas. En silence. Il y a des jours auxquels il ne faut surtout rien ajouter. Parce que ce n'est pas la fin du monde mais ça y ressemble quand même un peu.

Nous étions repliés dans notre propre maison à attendre la prochaine offensive ennemie sans savoir d'où elle viendrait, ni quelle forme elle prendrait. On attendait le prochain coup, la prochaine porte qui claque, la prochaine note de comportement, la prochaine nouvelle qui, cette fois, nous mettrait définitivement à genoux. Nous vivions sur nos gardes, trop concentrés sur l'ennemi pour être encore attentifs à l'autre. Nous guettions le bataillon adverse sans jamais penser à resserrer nos rangs. Ignorant que deux soldats ne font pas une armée.

Je me sentais seul dans ma tranchée. Alors, je lui demandais : «Est-ce que tu m'aimes encore ?», «Tu es heureuse ?» Le soir, dans le canapé, je me blottissais contre elle et attendais qu'elle pose enfin sa main sur moi. J'attendais un signe qui ne venait pas. Je pensais à la chanson de Brel : «Laisse-moi devenir l'ombre de ton ombre, l'ombre de ta main, l'ombre de ton chien.» Et je repartais à l'assaut : «Tu es heureuse ?» Inlassablement, elle cherchait à me rassurer. Alors, comme un clébard, je me blottissais un peu plus contre elle. Je cherchais des réponses à la question de ma psy : «Vous savez quand ça a commencé cette prise de distance avec votre femme ?» Et je lui disais : «Tu ne m'abandonneras jamais, hein ?»

J'ai tout raconté à ma psy : la soirée d'anniversaire, la griffure sur la voiture, Paul qui ne daignait plus m'adresser la parole et qui enchaînait les notes de comportement. Ce souvenir qui m'était revenu : moi aussi, j'avais eu droit à «inapte» et à «pomme pourrie», et je m'étais soumis aux décisions des adultes sans aucune contestation. Je m'étais faufilé dans l'adolescence sans en toucher les bords rugueux. Je ne m'étais jamais révolté et je doutais même que l'idée m'ait, un jour, ne fût-ce que traversé l'esprit.

– Eh bien, voilà, nous y sommes.
– Nous sommes où ?
– Poursuivez, s'il vous plaît…

J'ai fait des détours car je n'avais en réalité rien à ajouter. C'était une période de ma vie sur laquelle je ne me retournais jamais. À vrai dire, je ne me souvenais pas avoir fait la grande traversée de l'adolescence. Je ne me rappelais pas avoir souffert, m'être emporté ou indigné. J'avais été un enfant. Et, du jour au lendemain, à vingt-cinq ans, j'étais devenu père sans jamais m'être posé la question du sens que cela pouvait revêtir.

À partir de là, j'avais eu peur. De la maladie, de l'échec, du noir, de mon patron, de danser, de l'abandon. « De mourir aussi ? » a-t-elle demandé. Non. Je n'avais pas peur de la mort, juste qu'elle survienne trop tôt. Avant d'avoir assez vécu.

– Mais le monde est bien trop vaste pour pouvoir penser de la sorte, a-t-elle commenté. Parce qu'on n'en aura jamais assez. On n'aura jamais lu tous les livres, on n'aura jamais assez expérimenté, on n'aura jamais assez dit aux gens qu'on aime qu'on les aime. La vie n'est pas quelque chose dont on doit se rassasier…

– Ah bon. Et quoi ? On est censés s'y promener tranquillement et accepter de sortir du rang une fois qu'Il l'aura décidé ?

– Je ne dis pas ça ! Mais quel que soit votre appétit, vous n'aurez jamais fait le tour de la question. Vous aurez, quoi qu'il arrive, envie de voir demain.

J'ai encore pensé à une chanson de Brel : « J'arrive, j'arrive. Mais qu'est-ce que j'aurais bien aimé encore une fois traîner mes os jusqu'au soleil, jusqu'à l'été, jusqu'à demain, jusqu'au printemps. J'arrive, j'arrive. Mais pourquoi moi ? Pourquoi maintenant, pourquoi déjà ? »

Je lui ai expliqué ma crainte de mourir trop jeune, les attaques de panique, ces moments de terreur où je vivais avec précision l'instant de ma mort. J'étais assis, pétrifié et je la sentais me conquérir, petit bout de chair par petit bout de chair. Et je restais là, sans réagir, la laissant remporter une victoire sans combat. Je ne dormirai plus à côté de Léa, elle en aimerait un autre, mes rêves de voyages seraient anéantis, je ne verrais pas grandir mes enfants et ne saurais donc jamais s'ils ont trouvé une place acceptable sur cette terre.

– C'est pour ça que vous êtes derrière eux en permanence ? a-t-elle demandé.

– Je n'en sais rien, c'est à vous de me le dire.

Comme si elle venait de comprendre une chose essentielle, elle s'est tue quelques secondes en me fixant. J'ai profité de la brèche. Il était indécent de traverser la vie au ralenti. Vivre, ça ne se faisait pas en traînant les pieds mais en remontant ses manches. Ce n'était pas un truc d'amateur. Il fallait y mettre du talent. Avec Léa, nous n'y parvenions plus. Ce n'était pas juste se brosser les dents, ramasser les feuilles, nettoyer l'intérieur des armoires, dégeler le congélateur ou vider les cendres du poêle à bois. On ne peut pas sacrifier sa vie à cela. Lorsque je me présenterai devant Lui et qu'Il me demandera ce que j'ai fait de ma vie, je ne veux pas avoir à Lui répondre : «J'ai fait des enfants, Monsieur. J'ai aussi nettoyé l'intérieur des armoires et enlevé les feuilles qui pourrissaient dans les gouttières à l'automne. J'ai repassé le linge, repeint les châssis et trié les chaussettes pour qu'aucune paire ne soit dépareillée.» Je ne peux pas Lui dire ça. Il va se moquer de moi! Quand on imagine les infinies probabilités qu'il a fallu pour que l'Homme existe, on se dit qu'un tel hasard ne peut avoir eu lieu pour que l'on gaspille nos journées à passer l'aspirateur, trier nos déchets et signer des notes dans les journaux de classe de nos enfants. Il doit il y avoir quelque chose de plus grand que cela, n'est-ce pas?

– Vous croyez en Dieu? m'a-t-elle demandé.

– Ma mère croit en Dieu. Mon père croyait en Dieu. J'imagine que moi aussi; je ne sais pas.

Elle s'est levée soudain, m'a tendu la main et a dit : «C'était une belle séance, ça fera cinquante euros.»

Quelques jours plus tard, j'ai reçu un coup de téléphone de Mollasson. L'enquête sur le deal de shit à l'école avançait à grands pas. L'étau se resserrait autour du petit groupe d'amis de Paul. Il n'avait encore aucune certitude mais il m'invitait à me préparer au pire. Il me demanda si j'avais pu prendre connaissance du courrier qu'il avait adressé à l'ensemble des parents d'élèves au sujet de sa voiture, qui avait été griffée « sur au moins un mètre ». Il voulait s'entretenir de vive voix avec moi sur ce sujet précis. « L'événement » avait eu lieu le jour de notre rendez-vous et il suspectait Paul d'être l'auteur de cet « acte qui ne manquerait pas d'être durement puni ». Je rétorquai qu'il allait vite en besogne et que Paul était en cours ce jour-là, ce qui le disculpait totalement. Il n'a pas relevé. Il voulait simplement que je sache qu'il mettait toute son énergie pour découvrir qui avait fait ça, et que celui-là pouvait commencer à compter les minutes qu'il lui restait à passer dans son établissement.

Nous avons survécu quelques mois de plus. En février, Élise a rapporté un joli bulletin. Elle ne s'en sortait toujours pas en géométrie et je commençais à douter qu'elle comprenne un jour les propriétés du triangle scalène. Échec paternel que je parvenais à surmonter.

Le bulletin de Paul était moins réjouissant. Quatre échecs et des notes qui oscillaient entre quarante et cinquante-neuf pour cent. Catastrophe qu'il relativisait en se focalisant sur les quatre-vingts qu'il avait obtenus en éducation physique et qui étaient, selon lui, la preuve non seulement d'une prise de conscience mais aussi d'un réel investissement. Les annotations des professeurs parachevaient l'ensemble : « Indiscipliné », « Perturbateur », « Impertinent », « Grossier », « Arrogant », « Manque d'engagement », « Doit grandir ». Aucun d'entre eux n'avait pensé à émettre ne fût-ce qu'un infime signe d'encouragement. Il fallait casser. Fracasser. Déclasser.

Et puis, le 10 janvier, David Bowie est mort.

Vingt ans auparavant, nous l'écoutions sous la couette alors que nos mains partaient à la découverte de l'autre. C'était notre chanteur. Celui dont nous connaissions par cœur tous les albums, même si notre préférence allait à « Scary Monsters » sur lequel on trouvait *Scream like a baby*, *Fashion* et surtout *Ashes to Ashes*, qu'il nous arrivait parfois d'écouter dix fois d'affilée. Entremêlés, nous avions pris l'habitude d'entonner avec lui les premiers mots du second couplet : « I'm happy, I hope you're happy too ». Il y avait quelque chose de réconfortant à savoir qu'on habitait la même planète que David Bowie. Soudain, le monde allait être moins beau.

Dans le journal de classe de Paul, les notes de comportement se succédaient au rythme métronomique de trois par semaine. Installé dans mes toilettes, j'avais un jour analysé le phénomène et découvert l'existence de trois jours critiques : lundi, mercredi et vendredi. Comme s'il mettait un point d'honneur à se donner une période de repos entre chaque colle.

Nous mettions, Léa et moi, une énergie considérable à garder le feu sous cloche. Je n'avais plus eu Mollasson au téléphone depuis la reprise de janvier, ce qui me laissait penser que les enquêtes sur le deal de shit et sur la griffure étaient au point mort.

Je me souviens très précisément de la date. C'était le 22 février. Un mardi. Paul, qui cherchait très probablement à conforter mes statistiques, n'avait eu aucune note ce jour-là. Élise était revenue avec un devoir à faire en physique. Nous nagions donc en plein bonheur. Dans la soirée, Léa devait assister au lancement de Footex, une pommade révolutionnaire dans le traitement des cors au pied, qui allait définitivement enterrer la pierre ponce. La pommade, qui en réalité ramollissait la peau du pied, coûtait 14,89 euros et n'était plus efficace six mois après la première ouverture du capuchon. Ce qui assurait la firme d'empocher 14,89 euros pour qu'un type se mette cinq fois de la crème sur les pieds avant de jeter le tube. Sauf s'il était décidé à attraper des cors au pied tous les quinze jours, ce qui semblait un projet de vie déraisonnable.

La firme pharmaceutique avait réservé la grande suite de l'hôtel Métropole. Mange-debout, musique lounge, bar ouvert, nappes blanches, serveurs en noir intégral.

Léa était enfermée depuis une bonne heure dans la salle de bains. Je n'y voyais aucun problème, conscient que nous avions tous besoin d'un terrain de repli pour reprendre notre souffle. J'étais passé voir les enfants dans leurs chambres. Paul n'avait pas daigné m'adresser la parole. Élise m'avait gentiment fait remarquer qu'elle parlait sur Internet avec ses copines et qu'il était désormais préférable que je frappe avant d'entrer. Autant dire que je n'étais ardemment désiré dans aucune pièce de la maison.

Alors, je suis entré dans la salle de bains et me suis assis à côté du radiateur. Léa, une serviette autour des seins et le visage collé au miroir, se battait avec un cil récalcitrant. Elle a tiré ses cheveux vers l'arrière pour en faire une queue sévère et a mis du noir sur ses yeux. Plus que d'habitude. J'étais subjugué par son calme et le soin qu'elle mettait à lentement se métamorphoser. Par sa capacité à ignorer ma présence aussi. J'ai dit : « Ça te dérange si je viens avec toi ce soir ? » Ce n'était pas possible. L'événement était attendu. Même son assistante ne pouvait pas s'y rendre car elle n'avait reçu qu'une seule invitation. J'ai pensé lui demander en quoi le lancement d'une pommade pour les cors au pied pouvait être un événement attendu, mais je ne l'ai pas fait.

Élise a crié dans la cage d'escalier : « Papa, tu peux venir m'aider pour ma leçon de physique ? Je ne comprends rien. » Connaissant mes limites pour tout ce qui touchait de près ou de loin aux matières scientifiques, je m'armai de mon ordinateur portable avant de rejoindre sa chambre. Elle était accoudée sur son bureau en face de son cahier, l'air désabusé. Elle s'est retournée vers moi et a lâché dans un soupir : « Tu peux m'expliquer ? » Je l'ai rassurée. Nous allions tout reprendre depuis le début et dans une petite heure, le problème serait réglé. Cinq minutes plus tard, après avoir parcouru la matière, j'ai compris qu'il n'en serait rien. La leçon portait sur la loi de Boyle-Mariotte dont je n'avais jamais entendu parler, ce qui ne m'avait pas empêché de créer une famille, de trouver un boulot et de parvenir à vivre en société. Une recherche sur le Net m'informa que la loi était ainsi dénommée car elle avait été découverte à quelques années d'intervalle par l'Irlandais Robert Boyle et l'abbé français Edme Mariotte. « Qu'est-ce que tu ne comprends pas ? », ai-je demandé, dans l'espoir qu'elle mette le doigt sur un détail sans importance. Elle a dit : «Tout! Je ne comprends rien. Je ne vois même pas de quoi ça parle…»

Nous avons donc retroussé nos manches. La loi de Boyle-Mariotte décrit la relation entre la pression et le volume d'un gaz à température constante. La pression de ce gaz est inversement proportionnelle à son volume. Mathématiquement, on pouvait écrire cette relation comme suit : «p.V = constante», où p est la pression du gaz et V le volume occupé par ce gaz. Le cours précisait que l'on pouvait également exprimer cette loi sous la forme suivante : «Le produit d'un volume V d'un gaz par sa pression p à une température déterminée est une constante.»

Élise était accablée. Je continuais à faire bonne figure. Le cours précisait : «Comme le produit de la pression (p) par le volume (V) est égal à une constante, on peut comparer deux situations pour le même gaz, pour autant que la quantité de gaz et la température ne varient pas. Il en résulte alors la relation suivante : p1.V1 = p2.V2.»

Ainsi se clôturait la partie théorique du dossier. Élise fixait ses feuilles. Je ne savais pas quoi dire. Léa est entrée dans la chambre : «J'y vais. Bonne soirée, je ne rentre pas tard.» J'ai été tenté de la retenir pour qu'elle nous donne un coup de main, mais je me suis abstenu.

Sur le Net, nous avons trouvé quelques clés de compréhension. La loi de Boyle-Mariotte trouvait son application chez les plongeurs. Je n'ai pas tout cerné, mais si un plongeur bloquait sa respiration durant une remontée, l'air contenu dans ses poumons ne pouvant s'échapper, il pouvait en fonction de la variation de pression subir une rupture des tissus, ce qu'on appelait la surpression pulmonaire. Élise, voyant l'heure passer, a dit : « À quoi ça sert, Papa, de savoir ça ? » J'ai répondu : « C'est pour que tu saches comment fonctionne la nature. Et si jamais tu dois plonger un jour, au moins tu y repenseras et tu ne te déchireras pas les poumons ! » Elle a accepté mon explication et m'a souri. Il était 20 heures. Il était grand temps de dîner et d'oublier à jamais la loi de Boyle-Mariotte. « Fais de ton mieux demain. Mais je suis content, tu as été courageuse… »

Après avoir dîné et proposé aux enfants de regarder un film, suggestion qu'ils ont balayée dans la seconde, prétextant des choses importantes à faire dans leurs chambres, j'ai enfilé mon costume et décidé de me rendre à la soirée Footex.

J'ai tourné une vingtaine de minutes avant de trouver une place. Alors que je marchais vers l'hôtel Métropole, ne sachant comment Léa allait prendre cette intrusion, je l'ai vue sortir sous le large porche, accompagnée d'une autre femme et de deux hommes. Posté derrière un arbre de l'autre côté de la place, je les ai épiés. Elle parlait avec un grand brun qui lui a tendu une cigarette qu'elle a prise sans hésiter. Elle a fouillé dans son sac dont elle a extrait un briquet, et là, à quelques mètres de moi, s'est grillé une clope alors qu'elle avait arrêté il y a plus de quinze ans, et qu'elle ne manquait jamais une occasion de me reprocher ma dépendance.

J'ai fait demi-tour. Dans la voiture, je lui ai envoyé un texto : «Je t'aime encore, tu sais… En rentrant, réveille-moi si tu veux…» Il était 22 heures quand je suis arrivé à la maison. J'ai remis ma veste dans la penderie et je suis monté me coucher.

C'est le bruit de la porte qui m'a réveillé. Il était minuit et demi. Léa s'est déshabillée dans la chambre dans laquelle régnait un noir intégral, déposant prudemment chaque vêtement au pied du lit. Elle s'est glissée sous les draps et s'est collée à moi, nue. En même temps que son haleine alcoolisée, j'ai senti sa main à l'intérieur de mes cuisses. J'ai fait semblant de somnoler. Elle a posé son front contre mon épaule. Devais-je répondre ou ne faire aucun mouvement ? Sa main a frôlé mon sexe. J'étais nu dans mon lit avec cette femme dont je ne connaissais plus vraiment l'odeur. Ma main était à présent posée sur elle, et à chaque caresse, faisait de nouvelles découvertes. Bravant nos orages, j'avais oublié son corps. Un grain de beauté sur le bas-ventre, une minuscule cicatrice au niveau des reins. Ne pas aller trop vite. Je l'ai embrassée. Le goût de l'alcool. Comment ma langue et mes mains avaient-elles pu se passer d'elle ?

D'un seul coup, elle s'est libérée de mon étreinte et s'est mise à quatre pattes en travers du lit. « Prends-moi ! » Alors, je l'ai prise comme je rêvais depuis un an de la prendre. Ma main saisissait son cou, descendait le long de son dos, empoignait ses fesses.

– Claque-moi !

– Quoi ?

– Claque-moi ! a-t-elle répété, les avant-bras sur le matelas, la tête enfouie dans l'oreiller.

Je l'ai fessée.

Le lendemain matin, nous avons fait comme si rien n'était arrivé. Après le petit déjeuner, Léa est descendue à la pharmacie et les enfants sont partis prendre le métro. Moi, je faisais les cent pas. Quelque chose me chipotait sans que je parvienne à l'identifier. J'ai fait la petite vaisselle qui restait, payé une facture épinglée au tableau de la cuisine et je suis monté dans mon bureau avec l'intention d'écouter un peu de musique. J'ai trituré mon téléphone. Et j'ai appelé ma psy.

– Je ne vous dérange pas ?
– Non… Enfin, si… Mon prochain patient arrive dans une minute.

À travers le combiné, j'ai entendu quelqu'un frapper à la porte du cabinet. Je lui ai demandé de me consacrer seulement quelques secondes, c'était urgent. Je l'ai entendue dire « Donnez-moi une minute, je suis à vous tout de suite. » Elle a repris le combiné :

– Voilà, qu'y a-t-il ?

– Nous avons fait l'amour avec Léa !

– Je m'en réjouis.

– Oui, moi aussi…

– Cela dit, je doute que vous m'appeliez pour me dire ça !

– Si ! Non ! Il y a autre chose… Quelque chose qui me chipote depuis ce matin…

– Dites-moi…

– Elle m'a dit : « Claque-moi ! »

– Je ne comprends pas.

– Elle m'a demandé de lui claquer les fesses ! Quand nous faisions l'amour !

– Et vous l'avez fait ?

– Oui !

– Et pourquoi cela vous inquiète-t-il ?

– Parce que ce n'est pas le genre de femme à demander ce genre de chose !

Je l'ai presque entendue sourire à travers le combiné. Compréhensible. Plus je m'enfonçais, plus elle s'assurait une collecte régulière de billets de cinquante euros. Elle m'a débité le service minimum sur la guerre des sexes. « Vous, les hommes, croyez toujours tout connaître des femmes avec lesquelles vous vivez. Vous pensez être seuls capables de fantaisie. Vous proposez et la femme doit disposer.» Aujourd'hui, l'Église n'a plus le monopole de la culpabilité. Les psys ont pris le relais. «Mais lorsque le processus s'inverse, a-t-elle poursuivi, que la femme prend ses responsabilités et assume enfin sa fantaisie, c'est la panique à bord...» Le genre de discours que je n'avais pas du tout envie d'entendre, qu'elle a conclu par : «Ne vous inquiétez pas pour ça! On ne connaît jamais vraiment la personne avec laquelle on partage sa vie. Et c'est tant mieux!»

J'étais partiellement d'accord avec elle. Nous conservons tous, toujours, nos zones d'ombre. Partout. Mais peut-être pas au lit où nous laissons tomber toutes formes de codes, de règles, de normes, de convenance. Car nous sommes, là, au plus près de notre instinct. Il était donc impossible qu'elle ait dissimulé cela durant vingt ans. On ne désire pas être «claquée» comme ça sur un coup de tête après vingt années passées ensemble. Il avait dû se passer quelque chose que je n'avais pas compris ou que je n'avais pas vu. «Où voulez-vous en venir?» a-t-elle demandé.

Je ne le savais pas moi-même. Je ne faisais que constater.

Alors est sortie cette phrase inattendue :

– Vous réalisez ce que ça veut dire ? Ça veut dire qu'elle me trompe !

– Calmez-vous. Prenez un peu de recul. Vous vous faites des films. Et n'allez pas l'embêter avec ça. On a bien travaillé. Je vous revois dans trois jours, a-t-elle conclu.

Elle aussi, elle commençait sérieusement à m'emmerder.

Nous n'avons jamais évoqué cette nuit avec Léa. Parce que le moment ne s'est pas présenté. Parce que, embarrassés par ce qui s'était passé dans l'obscurité de notre chambre, nous étions incapables de nous y confronter les yeux dans les yeux. Était-ce un chant du cygne ou le début d'une nouvelle vie ? Je n'en savais rien. Les jours qui suivirent, à l'heure du coucher, je posais discrètement ma main sur elle. Son corps restait inerte. J'hésitais à promener mes doigts sur ses hanches. Je laissais finalement ma main posée sans me permettre le moindre mouvement. Je restais dans l'expectative et évitais ainsi qu'elle abatte, d'un revers de la main, les espoirs qu'avait fait naître en moi cette nuit extraordinaire.

Élise est rentrée avec un 2 sur 10 à son interrogation de physique. Elle s'était débattue sur chaque question et avait décroché deux points en évoquant le plongeur qui, en remontant trop vite à la surface, se déchire les tissus. En travers de la feuille, le professeur avait écrit : « Définition !!! Interrogation à repasser !!! » Tout était violent : sa calligraphie anguleuse, l'encre rouge, les points d'exclamation, et la façon dont il s'était permis d'écrire en travers de la feuille sur les réponses qu'avait pourtant tenté de donner ma fille.

«Vous voulez une définition ? Je vous livre donc celle du verbe enseigner : "Faire apprendre une science, un art, une discipline à quelqu'un ou à un groupe, le lui expliquer en lui donnant cours." Vous noterez que la définition insiste sur la notion d'explication et non sur l'exigence stérile de restitution de règles apprises par cœur ! Je vous livre aussi, cela pourrait vous intéresser, celle du verbe éduquer : "Former quelqu'un en développant et en épanouissant sa personnalité." Pouvez-vous dès lors me dire en quoi une remarque au feutre rouge en travers d'une interrogation est-elle censée améliorer l'épanouissement de ma fille ? Pour votre information, le verbe éduquer tire son étymologie du latin "educare" qui veut aussi dire : montrer, élever, nourrir. Voilà qui pourra éventuellement vous donner matière à réflexion la prochaine fois que votre feutre rouge vous démangera. Tant que nous y sommes, j'aimerais enfin partager avec vous une dernière définition, celle du mot enculé : "Terme d'injure grossière (je vous l'accorde), pour marquer le mépris que l'on a de quelqu'un." Je vous laisse, je dois revoir la définition de la loi de Boyle-Mariotte avec ma fille pour contenter dès demain vos pitoyables exigences.» J'ai eu envie de lui écrire tout ça. Je ne l'ai pas fait.

J'ai expliqué à Élise qu'elle était malheureusement obligée de se plier à l'autorité du professeur, et qu'elle devait donc apprendre cette satanée définition. Toute sa vie, elle rencontrerait des cons et, malheureusement pour elle, ils occuperaient pour la plupart des postes hiérarchiques. Le phénomène était inexplicable sur le papier mais empiriquement vérifié. Il fallait dès maintenant apprendre à leur donner ce qu'ils voulaient. Parce que le principal problème des cons, c'est qu'ils ne lâchent jamais le morceau. J'ai ajouté : «Tu peux aussi faire la grève de l'interrogation de physique, c'est ton droit. Mais il t'en fera payer les conséquences. À toi de voir…» Elle a ramassé son sac d'école et, la tête baissée, est montée dans sa chambre.

Élise était encore dans l'escalier quand Paul est entré dans la cuisine et m'a tendu son journal de classe en prononçant sa phrase favorite : «Tiens, il faut signer ça!»

Monsieur,

Nous sommes désormais au mois de février. Dernière ligne droite pour les élèves qui ont décidé de réussir leur année, ce qui ne semble pas être le cas de Paul, qui ne s'est pas présenté à l'école ce matin. Dois-je vous demander de lui rappeler que l'école commence à huit heures trente et non à midi ? Vous comprendrez qu'un tel mépris des règles doit être puni. Nous n'en sommes plus aux coups de semonce. Paul restera donc en retenue le mercredi 17 février prochain. Il s'agit ici d'un ultime avertissement. En espérant, Monsieur, que vous pourrez enfin avoir une discussion franche et sincère avec votre fils pour le faire revenir sur le droit chemin.

Bien à vous,
Le proviseur.

Si mon fils séchait les cours, c'était pour ne pas avoir à subir sa sale gueule, ses pantalons trop courts et son nœud papillon. Décidé cette fois à rédiger une réponse cinglante, j'ai ouvert mon ordinateur et posé les mains sur le clavier. « Monsieur, mon fils Paul a seize ans. Et je ne peux le condamner de n'être que très peu excité à l'idée de subir deux heures de français et de mathématiques de bon matin. Vous l'avouerez, le programme est peu attirant pour un jeune garçon dont les sens sont littéralement en train d'exploser et qui ne pense qu'à une chose : le rétrécissement à venir de la longueur des jupes des filles avec le printemps qui s'annonce. Ajoutez à cela une heure de géographie pour apprendre le nom des fleuves d'Asie du Sud et la plantation du riz dans les régions pauvres du Cambodge. Et enfin deux heures de technologie à dessiner très précisément une boîte d'allumettes en trois dimensions avec une perte sèche de deux points si le prof ne voit ne fût-ce qu'un coup de gomme ou s'il a oublié de mettre son nom en majuscules dans la marge. Vous comprendrez dès lors pourquoi mon fils a décidé de ne pas se présenter à l'école ce jour, préférant saisir l'opportunité d'une petite virée en ville avec ses amis.

En espérant que vous contracterez simultanément le scorbut et la lèpre, veuillez recevoir, gros enculé, mes salutations distinguées.»

Les mains toujours à l'horizontale au-dessus du clavier, je me suis retenu d'appuyer sur «envoyer». Je ne pouvais me permettre de compliquer un peu plus encore la situation de Paul à l'école. Et puis, une autre chose me préoccupait : le grand brun. Je respectais le conseil de ma psy et m'efforçais de faire semblant de rien. J'empêchais de jaillir une tonne de questions qui me brûlaient les lèvres : Comment s'appelait-il ? Depuis quand le connaissait-elle ? Est-ce qu'elle le trouvait beau ? Était-il marié ? De quel droit avait-il dix centimètres de plus que moi ? Depuis quand s'était-elle remise à fumer ? Pourquoi ne me l'avait-elle pas dit ? Pourquoi me mentait-elle à ce sujet ? Si elle me mentait sur la cigarette, sur quoi d'autre me mentait-elle ? Le moment le plus périlleux était celui du coucher. C'est alors, dans le silence de nos corps et de notre chambre, la main parfaitement immobile sur sa hanche, que les questions fusaient et que la tentation de remplir ce silence était grande. Mais je m'accrochais à ma parole. Je ne parlerais de rien avant d'avoir vu ma psy.

Elle portait un jean et un pull rouge directement tricoté sur le mouton. Je n'aimais ni la coupe ni la matière, et encore moins la couleur. Je voulais sa petite blouse blanche, qui laissait entrevoir le début de ses épaules.

– Bon, comment ça va ? a-t-elle demandé.
– Mal ! Très mal.
– Ça a le mérite d'être clair. Vous lui avez parlé ?
– Non, j'ai fait ce que vous m'avez conseillé. Je n'ai rien dit, mais ça ne peut pas durer, je vais exploser !
– Qu'est-ce qui vous rend à ce point nerveux ? Vous pouvez tenter de m'expliquer ?

Je lui racontai une nouvelle fois la fameuse nuit avec Léa. La façon dont elle avait soudainement plongé son visage dans l'oreiller et avait dit « Claque-moi ! ». J'ai parlé du grand brun. Je n'avais pas regardé ses mains mais j'étais capable d'entendre le bruit qu'elles devaient faire en claquant violemment les fesses de ma femme. Je ne plaisantais pas. Léa me trompait. Elle me mentait aussi. Je l'avais vue fumer sur le trottoir alors qu'elle avait arrêté il y a quinze ans.

Elle décroisa les jambes. Nous avions tous droit à nos secrets qui n'étaient pas nécessairement des mensonges. Je ne pouvais donc pas affirmer que Léa me trompait puisqu'en réalité, je n'en savais rien. Je vivais une période de grande anxiété. Il fallait raison garder et faire posément la lumière sur cet événement qui m'empêchait désormais de respirer. Elle a ajouté : « Il faudra un jour cesser de penser que le monde entier est ligué contre vous. » Je tombai des nues. Évidemment que le monde était ligué contre moi ! Évidemment que chaque journée était un nouveau champ de bataille. Comment pouvait-elle croire le contraire ? Il faut sans cesse livrer combat. Contre l'herbe qui pousse dans le jardin, contre la vaisselle qui s'empile, contre nos désirs, contre l'école qui nous a fait mal, contre la mort qui s'approche, contre nos enfants qui nous confrontent à nos faiblesses, contre nos patrons, nos banques, nos fournisseurs d'électricité. Et contre les années qui filent de plus en plus vite. Évidemment que le monde était ligué contre moi, comme il était ligué contre nous tous. Dire le contraire me paraissait d'une totale malhonnêteté. Elle n'en avait pas fini avec moi.

– Qu'a fait votre femme l'autre soir ?

– Elle m'a demandé de la claquer, ai-je dit pour la dixième fois.

– Oui mais derrière cette requête, qu'y avait-il ?

– Je n'en sais rien !

– Elle vous a envoyé un signal ! Elle vous a dit : « Moi aussi, je veux autre chose. Moi aussi, je veux de l'aventure. Moi aussi, je veux une nouvelle vie. Parce que peu à peu, je me meurs. » Contrairement à vous, elle n'a pas balayé ses désirs, elle ne s'est pas retranchée devant ses envies, elle vous a fait une proposition. À vous maintenant de lui montrer que vous l'avez entendue.

– Et comment suis-je censé lui faire comprendre ça ?

– Faites ce que vous sentez ! C'est désormais à vous de lui envoyer un signal clair !

J'ai attendu qu'elle poursuive, me donne un exemple, une piste qui m'aurait mis sur la bonne voie mais, jetant un coup d'œil à sa montre, elle a juste dit : « C'est bien pour aujourd'hui, ça fait cinquante euros. » Je lui ai demandé si exceptionnellement, on pouvait se faire la bise. Elle a gentiment refusé. On s'est serré la main.

C'était un samedi. Léa travaillait à la pharmacie, les enfants étaient chez des copains. Après avoir fait un feu, je me suis étendu sur le divan avec la ferme intention d'y faire une sieste réparatrice. « Il faudra un jour comprendre que le monde n'est pas ligué contre vous. » Comment une femme, somme toute charmante mais surtout détentrice d'un diplôme, pouvait-elle proférer de pareilles inepties ? Je me suis endormi et me suis retrouvé en face d'un homme à la longue barbe blanche. Vêtu d'une toge et vautré sur un trône, il m'a fait signe de m'agenouiller, ce que j'ai fait sans sourciller. C'était une habitude chez moi, mettre le genou à terre. « Alors, comment ça va ? » a-t-il demandé. Étonné qu'une personnalité de son rang pose une question à ce point banale, j'ai répondu : « Ça va… couci-couça ! – Comment va le petit ? » J'ai expliqué qu'il m'évitait, que c'était douloureux. Je ne me faisais pas à l'idée qu'il doive grandir aussi vite.

On n'avait pas assez joué, on n'avait pas assez ri, il n'était pas assez monté sur mes épaules. Ça ne pouvait donc pas déjà s'arrêter. Il a acquiescé d'un mouvement de tête et a répété presque mot pour mot ce que ma psy m'avait dit une heure plus tôt : « Elle vous a envoyé un signal. À vous maintenant de lui montrer que vous l'avez entendue. » Il s'est excusé de devoir prendre congé. Je lui ai dit : « Je vous dois combien ? » Il a disparu.

À l'instant où l'on se réveille, il arrive que tout notre être soit concentré dans une infime partie de notre corps. Nos tempes qui palpitent, notre joue écrasée sur l'oreiller, un genou qui fait mal. Je n'étais, à ce moment précis, qu'une main posée sur le tissu de mon divan Corréo. Tout entier dans le bout de mes doigts, caressant du pouce la douceur du textile. Je suis resté ainsi de longues minutes et soudain, j'ai pensé au Bouddha couché de Bangkok. Je me suis levé et j'ai contemplé ce divan, pièce maîtresse de notre salon et de notre vie. Ils voulaient un geste ?

Le transport n'a pas été sans peine. Je l'ai d'abord poussé vers la baie vitrée du salon, et je me suis inquiété des traces de frottement qu'il laissait sur le carrelage. Le franchissement de la baie a été pénible, puisque je ne disposais que d'un centimètre de jeu de chaque côté. Une fois sur la terrasse, j'ai recommencé mon manège : tirer, pousser. Je suis enfin arrivé à la lisière du jardin. Les herbes hautes empêchaient ma progression. Il me fallait le faire avancer en crabe. Alors, je me positionnai à l'avant et le soulevai afin de le déplacer de quelques centimètres. Et je me postai ensuite à l'arrière pour progresser de quelques autres. Bref, il me fallut une bonne vingtaine de minutes pour qu'il soit disposé, exactement comme je le désirais, au beau milieu du jardin.

Épuisé, je me suis assis une dernière fois pour reprendre mes esprits et savourer son confort d'assise remarquable, son revêtement doux au toucher, ses ressorts de qualité bien supérieure aux sangles, sa structure solide et élégante qui lui donnait un look à la fois noble et cosy.

Lentement, je l'ai aspergé d'essence. À chaque giclée, il s'imbibait un peu plus et des taches grasses se formaient sur le tissu. J'ai jeté un dernier coup d'œil alentour et j'ai craqué une allumette. La hauteur des flammes m'a fait reculer de quelques pas. Je me suis assis dans l'herbe, le cœur régulier, le souffle facile. J'étais étrangement calme.

– Mais, qu'est-ce que tu fais ?

Je me retournai et j'aperçus Léa qui courait vers moi en faisant de grands signes. « Qu'est-ce que tu fais ? Tu es dingue ! Arrête ça tout de suite ! » Demande infondée puisque les flammes atteignaient maintenant plusieurs mètres. Le tissu avait été dévoré par la chaleur et on n'apercevait déjà plus sous l'épaisse fumée que la structure en bois et les ressorts rougeoyants. « Qu'est-ce que tu as fait ? » a-t-elle répété en tirant mon pull pour que je me relève. « Qu'est-ce que tu as fait ? » Elle a tiré à nouveau, mon col s'est déchiré.

« C'est quoi ça ? », a-t-elle hurlé en montrant les flammes. Je me suis levé et dirigé vers elle en ouvrant les bras. Elle a brandi ses paumes vers moi et a dit : « Ne m'approche pas ! » On entendait le grondement du brasier. Le souffle puissant des flammes, ponctué de sourdes déflagrations. L'armature se tordait, l'acier des ressorts lâchait sous la chaleur.

– Je t'ai entendue, tu sais ! Moi aussi, Léa, j'ai envie d'autre chose.

– De quoi tu parles ? a-t-elle hurlé.

– De l'autre nuit !

– Qu'est-ce que tu as entendu ?

– Que tu voulais que ça change !

– J'étais bourrée, putain ! Bourrée ! Quand je sors,

tu sais quoi ? Je m'amuse avec des gens que je ne connais presque pas. Et je bois ! Et ça me fait du bien ! J'en ai besoin pour savoir que ma vie n'est pas tout entière ici avec toi ! Tu es dingue, mon vieux. Tu nous emmerdes. Tu es devenu invivable. Tu as vu ce que tu fais vivre à cette famille ?

Elle allait m'empoigner quand les enfants sont apparus sur la terrasse. « C'est quoi ce bordel ? » a crié Paul. Léa a hurlé dans sa direction : « C'est ton père ! Il a mis le feu au divan ! » Notre voisin est apparu de l'autre côté de la haie. Il a demandé : « Tout va bien ? » J'ai répondu : « Oui, super ! Pourquoi ? » Il est rentré chez lui.

« Tu vas partir d'ici », a dit Léa calmement. « Aujourd'hui ! » Elle a jeté un dernier coup d'œil au divan avant de rejoindre les enfants. Je suis resté debout, dos à la maison, face au bûcher. Je me suis rassis.

Une heure plus tard, il ne restait qu'un imposant monticule de braises chaudes. J'étais bien. Là, dans l'herbe, enlacé par la chaleur, intimement convaincu d'avoir fait ce qu'il fallait. Léa avait mal réagi parce qu'elle n'avait pas saisi la symbolique de mon geste. Mais il était juste.

Les enfants regardaient la télévision, assis sur des chaises qu'ils avaient rapatriées de la cuisine. Sans le divan, notre salon paraissait plus grand. J'ai fait du bruit pour qu'ils remarquent ma présence. Élise n'a pas quitté l'écran des yeux. Paul s'est retourné vers moi :

– T'es qu'un gros con !

– Quoi ?

– Tu m'as bien compris. T'es qu'un gros con !

Je n'ai pas riposté et suis monté à l'étage où Léa, je le savais, s'était réfugiée dans la salle de bains.

– Sors ! a-t-elle hurlé aussitôt que j'eus poussé la porte.

– Je viens m'expliquer. Je veux que tu comprennes…

– Comprendre quoi ? Que tu es dingue et que tu as brûlé notre divan dans le jardin ? Tu veux que je comprenne ça ?

– Non, je veux que tu comprennes pourquoi je l'ai fait !

– Vas-y, a-t-elle dit comme un défi.

– Je veux juste que notre vie change.

– Et pour ça, tu dois brûler un divan ?

– C'est tout ce que j'ai trouvé, ai-je avoué. Je l'aimais, moi aussi, ce divan. Mais je ne supportais plus d'y voir les enfants avachis, le téléphone à la main. Je ne supportais plus de m'y asseoir tous les soirs avec toi, comme si c'était un passage obligé pour terminer la journée. Comme s'il n'y avait rien d'autre à faire que regarder la télévision alors que la vie s'écoule, Léa. Mais toi, tu crois qu'on a tout le temps. Tu crois qu'on n'est pas pressés. Le monde est grand, putain. Et nous, on s'assoit sur le divan !

– Et si j'aime ça, moi ! Si ça me suffit ? Tu y as pensé à ça ?

– Ça ne suffit pas ! Crois-moi ! Parce que je sais que ça va s'arrêter un jour, Léa. Parce que nous ne sommes pas éternels. Un jour, on ne se réveillera plus l'un à côté de l'autre. On ne pourra plus dire : « Pas aujourd'hui, on fera plutôt ça demain. » Merde, il faut en profiter.

– Et tu en profites, toi ? Tu as l'impression de profiter de ta famille et de tes enfants ? Tu trouves que tu en profites quand tu es derrière eux à les traquer pour l'école ? Ça te plaît ?

– Je n'ai jamais dit que j'étais le meilleur père du monde !

Elle a plongé la tête sous l'eau pour se rincer les cheveux.

– Je n'aime pas les voir grandir, Léa. On était bien ! On est en train de les perdre. Ils sont trop petits encore, tout va trop vite. Il faut les retenir !

– Ils n'ont pas besoin de t'avoir en permanence sur le dos, a-t-elle dit en me faisant signe de lui donner la serviette. Tu sais comment on élève des enfants ? Les élever… Tu as compris le sens de ce mot ? Eh bien, on met beaucoup d'amour et un peu d'eau ! Voilà comment on fait ! Les élever, ce n'est pas tous les jours leur rappeler combien ils sont chiants, combien ils sont ingrats, combien ils sont paresseux, combien ils sont mauvais élèves. Tu veux leur rendre service ? Lâche-leur les baskets ! Parce que, tu veux que je te dise ?

Elle a hésité un instant. Je lui ai fait oui de la tête.

– Tu es inapte à être père !

Je lui ai demandé de répéter. Alors, lentement, en articulant parfaitement, elle a redit :

– Tu es inapte à être père !

Elle m'a demandé de sortir de la pièce. Elle voulait être seule, et j'en avais assez dit et fait pour aujourd'hui.

J'ai traversé le salon la tête haute. Les enfants, toujours plantés sur leurs chaises devant la télévision, ont fait comme si je n'existais pas. Seul repli envisageable : les toilettes. Assis sur le clapet baissé, j'ai contemplé le papier peint fleuri et la pierre bleue au sol. Il était ici, mon exil. Chez moi sans l'être. Protégé de tous. Et eux, protégés de moi. Sur mon téléphone, j'ai fait le tour des sites d'information. Le pape venait d'ouvrir son compte Instagram et y avait posté ses deux premières photos. François Hollande commémorait la date du cessez-le-feu en Algérie. Le WWF organisait l'opération Earth Hour. Salah Abdeslam, seul assaillant survivant des attentats, arrêté la veille à Molenbeek à seulement cinq cents mètres de chez lui, avait, d'après des sources fiables, déclaré aux enquêteurs qu'il avait finalement « renoncé au dernier moment à se faire exploser au Stade de France ». C'est lui qui avait loué les voitures pour l'acheminement des kamikazes à Paris. Le gouvernement belge se félicitait de sa capture et son avocat venait, quelques minutes plus tôt, de déclarer à la presse que son client refusait pour l'instant son extradition vers la France. Un encadré en bas de page posait une question judicieuse : « Dans la mesure où plusieurs hommes sont encore dans la nature, doit-on s'attendre à des représailles des terroristes à la suite de l'arrestation d'Abdeslam ? »

J'étais retranché depuis plus d'une heure quand Élise a frappé à la porte.

– On mange, tu viens ?

– Pas ce soir, chérie, je ne crois pas que ce soit une bonne idée. Elle n'a pas insisté. Je suis resté dans mon bunker.

À travers la porte, je l'ai entendue dire :

– Il a dit qu'il ne venait pas. Personne n'a commenté et les couverts ont tinté.

Les heures qui ont suivi m'ont paru interminables. Les magazines féminins me navraient, la batterie de mon téléphone était à plat. J'ai sorti ma boîte à voyages de la trappe. Où fuir pour trouver la paix ? Saint-Pétersbourg ? Dublin ? Madrid ? Et à quoi bon partir finalement ? Puisqu'en toute latitude, inlassablement, c'est nous que nous retrouvons. Ce corps que nous cherchons à déserter, ces pensées que nous aimerions évacuer. On a beau mettre les voiles, invariablement, quel que soit l'endroit, nous sommes là.

Mon doigt se promenait sur les villes : Bangkok, Reykjavik, San Francisco, New York, Buenos Aires, Dakar, Cape Town, Sidney, Istanbul. Par hasard, pour autant qu'une telle chose existe, j'ouvris San Francisco. Le Golden Gate, Fisherman's Wharf où réside une colonie d'éléphants de mer, Union Square, le Cable Car, la sinueuse Lombard Street. Et la prison d'Alcatraz, l'un des sites touristiques les plus visités de la Côte Ouest américaine, plantée au beau milieu de la baie à seulement deux kilomètres de la ville. Elle fut nommée ainsi par les Espagnols, car elle abritait de nombreux pélicans (*alcatraces* en espagnol). Forteresse à la fin du XIXe siècle, elle devint ensuite une prison militaire avant d'être reconvertie de 1933 à 1963 en pénitencier fédéral. Sa position centrale dans la baie lui assurait son statut d'ultime prison de haute sécurité, dont il était purement et simplement impossible de s'évader. Durant ses vingt-neuf années d'activité, trente-six détenus ont tenté leur chance. Rattrapés, noyés, tués par balle, aucun d'entre eux n'est parvenu à se faire la malle. Tant mieux. S'ils avaient réussi, ils auraient alors réalisé qu'on ne s'évade jamais vraiment de nulle part. Ils n'ont pas eu à subir cet affront.

Après avoir pour la plupart purgé la fin de leur peine dans d'autres établissements, de nombreux taulards ont évoqué les conditions de détention à Alcatraz. Ils n'y jouissaient que de très peu de droits : une cellule individuelle, de la nourriture, des vêtements, la douche une fois par semaine et la possibilité de voir un médecin en cas d'absolue nécessité. Chose curieuse, dans leurs interviews, ils insistaient tous sur le martyre que représentait la proximité de la ville. Les lumières du soir qui leur parvenaient. Le bourdonnement de son activité. Alcatraz rappelait en permanence aux détenus que, dehors, la vie battait son plein. Que le monde avançait sans eux et qu'ils n'y prenaient plus part. Le supplice ici-bas est de savoir qu'au-dehors, il y a la vie, le vin, les femmes, la musique, les routes, et de ne plus en jouir. C'est, toutes proportions gardées, le même problème avec la vie de famille.

J'avais faim mais ne regrettais rien : je n'aimais pas les chicons en gratin.

Avant de monter se coucher, Élise est venue m'embrasser. J'en ai profité pour m'excuser de lui faire vivre ça. Elle a haussé les épaules. Pour avoir été moi aussi un enfant, je savais que tout à cet âge-là laissait des séquelles. En montant les escaliers, elle a demandé à sa mère : « Il va rester là longtemps, Papa ? » Léa a répondu : « Je ne crois pas chérie, il a besoin d'être un peu seul pour se calmer. Il va vite revenir. » Elle se trompait. Je n'étais pas fâché mais déçu de n'être pas compris. Quelques secondes plus tard, Paul est monté. Il y a eu des bruits de vaisselle, et Léa s'est installée devant la télévision. Puis elle a quitté la pièce à son tour.

Je suis sorti pour engloutir quatre tartines au salami. Les lumières étaient éteintes. J'étais là, debout, au milieu de la cuisine. Dans cette maison où je n'étais plus désiré. Avais-je eu raison de brûler ce divan ? Je n'en savais rien et, à vrai dire, une question plus urgente m'occupait l'esprit : où dormir ? Je ne pouvais décemment pas me glisser dans le lit auprès de Léa, et le divan sur lequel j'aurais pu me retrancher pour la nuit était en cendres au milieu du jardin. Décidé à montrer mon opposition et à poursuivre ma grève de famille, j'entrepris de meubler ce qui allait devenir mon espace de vie. Je fis le tour de la maison et collectai tout ce dont j'avais besoin : la prise de mon téléphone, mon ordinateur portable, un coussin que je trouvai par terre dans le salon, une vieille caisse en bois que je déposai en face des toilettes pour m'en faire une table basse. Je rapatriai aussi la radio de la cuisine que je posai sur le rebord de la lucarne, ma brosse à dents, du dentifrice, un gobelet en plastique, un sac de couchage, du chocolat et un pain frais que Léa avait acheté pour le lendemain. Un bouquin aussi, pour passer le temps. La situation était maintenant viable. À 23 h 45, je réintégrai le campement.

La photo d'Abdeslam apparaissait en grand sur tous les sites d'information. Les cheveux coiffés vers l'arrière, les paupières tombantes, les yeux marqués, la bouche légèrement pincée et une barbe d'un jour. Seul élément permettant d'établir que ce gosse-là était en réalité un grand garçon. Je n'ai pu m'empêcher d'être ému. J'ai pensé à ses parents. Aux pères et aux mères de tous ces gosses qui, un beau jour, partent de chez eux sans prévenir pour aller se battre en Syrie ou se faire exploser dans une salle de concert. Qui restent à vie condamnés à ne pas comprendre. Alors qu'ils ont fait ce que nous faisons tous : de leur mieux.

Après avoir longuement cherché la meilleure option, j'ai choisi de me caler entre la cuvette et le mur, ce qui me permettait d'étendre un tant soit peu les jambes. J'ai posé le sac de couchage sur la pierre bleue trop froide et le coussin contre le mur.

J'ai été réveillé par la voix de Paul qui hurlait dans l'escalier : « Maman ! Y a plus de dentifrice ! » Il y a eu des murmures dont je n'ai pu percevoir la signification et quelques secondes plus tard, Élise frappait à la porte des toilettes : « Papa, c'est toi qui as le dentifrice ? »

Je lui ai tendu le tube en lui adressant mon plus beau sourire. « Bonne journée à l'école, chérie, sois sage ! » Elle a jeté un coup d'œil hagard à mon nouvel environnement. Trois minutes plus tard, Paul hurlait une nouvelle fois : « Putain, Maman, y a plus de pain ! » Élise, qui avait visiblement été désignée comme émissaire, est revenue vers moi prendre le butin qu'elle a rapporté triomphante à l'armée ennemie.

J'étais décidé à poursuivre le combat et à ne rien lâcher. Il en allait de ma fierté. Je surfais sur le Net, j'écoutais la radio, je lisais des articles passionnants dans les magazines féminins de Léa. Toutes les heures, je me levais et étirais mes jambes engourdies. J'éprouvais dans ma chair l'abominable réalité de la guerre de position. Des heures entières à ne rien faire que maintenir mon organisation défensive. À attendre, dans ce point fixe fortifié, que la ligne de front ennemie porte le prochain assaut. Il eut lieu le soir même, quand Léa, après avoir fait la tournée des chambres, se posta de l'autre côté de la porte.

– Tu veux aller aux toilettes ? ai-je demandé.
– Non ! Tu vas rester là longtemps ? Tu ne trouves pas ça ridicule ?
– Je ne sais pas.
– Tu te rends compte du spectacle que tu offres aux enfants ? Tu ne trouves pas ça grotesque, à quarante ans, de t'enfermer dans les toilettes pour bouder ?
– Je ne boude pas !
– Ah non ? Et qu'est-ce que tu fais alors ?
– Je résiste, Léa, je résiste... Parce que je ne veux pas partir. Parce que c'est chez moi. Parce que c'est ici que sont mes gosses. Et parce que je t'aime.
– Je ne t'ai pas demandé de « partir », a-t-elle insisté. Je t'ai demandé de t'éloigner quelques jours. Ça te fera du bien. Et à nous aussi. Après, on pourra parler de tout ça calmement !
– Tu me prends vraiment pour un idiot. Je sais très bien pourquoi tu veux que je parte !
– Ah, bon. Et pourquoi ?
– Tu veux que je parte, comme ça, tu pourras faire tes trucs...
– Quels trucs ?
– Me tromper, Léa. Parce que je sais que tu me trompes !

Il y a eu un silence. Elle a conclu : «T'es vraiment loin mon vieux… Allez, à demain.»

Je suis resté enfermé trois jours. Élise venait me faire la conversation. Elle me racontait sa journée. Je tentais de lui tirer les vers du nez pour savoir ce que sa mère et Paul pensaient de la situation. Inlassablement, elle me disait : «Je ne sais pas. Ils n'en ont pas parlé…» J'aurais pu rester là des années, leur monde aurait continué de tourner.

7 h 58. J'ai ouvert les yeux, la maison était déjà vide. Je m'y suis aventuré pour prendre un café et engloutir une tartine au salami. Avant de réintégrer mon campement avec la ferme intention de tenir un jour de plus. J'étais néanmoins décidé à ouvrir les pourparlers. Plus le temps passait, plus je comprenais l'étrangeté de mon geste. Il était net. Il était fort. Mais peut-être avait-il manqué d'explication et de mise en perspective. Je ne pliais pas mais me tenais prêt à expliquer tout cela si Léa en exprimait le désir. Et puis je m'en voulais d'avoir condamné mes enfants à regarder la télévision assis sur deux pauvres chaises de cuisine. Machinalement, j'ai allumé la radio.

8 h 25. « Ce que l'on sait déjà, a dit un journaliste surexcité, c'est qu'une double explosion a eu lieu dans le hall des départs. Des témoins parlent de vitres brisées et de plafond effondré. Selon des sources hos-

pitalières, car à cette heure aucune annonce officielle n'a été communiquée, on parle d'un bilan très lourd.» Une autre journaliste a pris la parole : «Bruxelles est-elle sous le feu d'une attaque terroriste ? Il est encore trop tôt pour le dire mais, ce matin, à 7 h 58 selon les premiers témoins, on aurait entendu dans le hall des départs de l'aéroport de Bruxelles National des cris en arabe et plusieurs coups de feu.» Elle a repris sa respiration : «Avant les explosions de deux bombes, à trente secondes d'intervalle. Le bilan provisoire évoque plusieurs morts et des dizaines de blessés !»

8 h 45. Assis sur le coussin que j'avais pris l'habitude de poser sur le clapet des toilettes, je surfais sur Internet et passais d'un site d'information à l'autre. Les premières photos montraient la façade de verre de l'aéroport partiellement soufflée. Le journal *Le Soir* livrait le premier témoignage, celui d'un homme qui avait assisté de loin à la scène : «Je sortais des toilettes situées à l'extrémité du hall et m'apprêtais à me diriger vers les comptoirs d'enregistrement. J'ai entendu une première déflagration. Les vitres se sont brisées, le plafond est tombé et il y a eu un nuage de fumée. J'ai senti comme une forte odeur de poudre. Les gens criaient et couraient dans tous les sens. Et puis, il y a eu une deuxième déflagration, plus forte encore que la première. C'était la panique.»

8h52. Au loin, j'entendais les sirènes. Ma ville était attaquée. À la radio, ils annonçaient des émissions spéciales. J'ai pensé à ces gens qui, la veille au soir, se réjouissaient de partir en voyage, et dont la vie s'était arrêtée net. Je n'étais pas encore triste. Juste abasourdi. À la radio, un spécialiste a dit : « Deux explosions. Mais surtout une coïncidence troublante avec l'arrestation il y a quelques jours du fugitif le plus recherché des attentats de Paris... On ne peut que le souligner. »

9h19. De nombreuses photos de l'aéroport circulaient maintenant sur les réseaux sociaux. À la radio, une journaliste a annoncé : « Information à prendre au conditionnel : il est à craindre que la Belgique, et plus particulièrement Bruxelles, soit sous le feu d'une vague d'attentats, puisqu'il semble qu'une autre explosion ait eu lieu il y a quelques minutes, en plein cœur du quartier européen, dans la station de métro Maelbeek. Des fumées ont été signalées et des témoins auraient vu des personnes blessées. Selon nos sources, la station Schuman aurait également été touchée. Des informations à prendre au conditionnel. » Le présentateur a repris la parole : « Nous l'apprenons par dépêche à l'instant : la Belgique vient de passer au niveau 4, c'est-à-dire au niveau maximal d'alerte de la menace terroriste. Ce qui accréditerait cette information selon laquelle notre pays serait, en ce moment même, sous le feu d'une vague d'attentats.» Un spécialiste joint par téléphone a parlé des attaques coordonnées qui étaient la marque des groupes terroristes organisés. Il y a eu une publicité. J'ai pensé à mes enfants qui prenaient, eux aussi, chaque matin, le métro. Bien plus tôt et sans passer par cette ligne.

9h28. Une journaliste de terrain obligée de parler fort pour couvrir le bruit des sirènes alentour a dit : «Je suis en ce moment à la station Maelbeek, à une quarantaine de mètres de l'entrée, puisque les forces de police ont dressé un cordon de sécurité pour tenir à l'écart les badauds et les médias. Je peux vous confirmer qu'il se passe quelque chose ici ! C'est l'effervescence. De nombreuses ambulances arrivent, de nombreux convois policiers, on a même vu un car de l'armée avec des renforts militaires arriver sur place. J'ai moi-même, il y a deux ou trois minutes, avant l'installation du cordon de sécurité, vu de nombreux blessés sur le trottoir. Des gens choqués, ensanglantés. Et un corps également, allongé sur le sol, sur lequel avait été déposé un drap blanc.» Encore. Encore. Je surfais, je passais de chaîne en chaîne.

9h39. Les premières photos de la station de métro sont apparues sur les réseaux et les sites des grands médias. L'aéroport était à l'arrêt et l'on venait d'annoncer la fermeture de tous les transports en commun bruxellois. Les autorités conseillaient de ne pas bouger de chez soi. Un numéro d'appel était mis à disposition de la population. Un journaliste a ajouté : « Surtout, ne cédez pas à la panique si vous ne parvenez pas à joindre un proche. Le réseau est en effet saturé en raison d'un trop grand nombre de communications. Si toutefois, vous estimez avoir de bonnes raisons d'être inquiet, une ligne d'urgence a été ouverte. Le numéro : 1771. »

9 h 50. Le téléphone fixe de la maison a sonné. Plus personne ne l'utilisait mais nous l'avions gardé parce qu'il était compris dans notre abonnement Internet. J'ai bondi de ma cuvette. C'était Mollasson. Dans la mesure où Paul n'avait plus droit au moindre écart, il se permettait de m'appeler pour connaître « le motif d'absence de mon fils à l'école en ce jour ». Une décharge a frappé ma colonne vertébrale pour venir mourir dans ma nuque. J'ai fermé les yeux. Je n'ai jamais trouvé que cela face à la douleur.

– Mais Paul est à l'école. Il y est parti ce matin comme tous les jours !

– Je vous répète qu'il ne s'est pas présenté ce matin. Il faudra que nous en tirions les conséquences.

Il ne semblait pas mesurer l'ampleur de ce qu'il m'annonçait.

Notre ville était en état de siège, personne ne savait où était mon garçon et il m'était impossible de le joindre puisque le réseau était saturé. Pouvait-il m'appeler si Paul se présentait enfin à l'école ? Il y veillerait mais il était « sur le pied de guerre » en raison des attentats. Décidément, ce type avait un énorme problème avec les expressions qu'il utilisait. Il attendait une décision des autorités communales. On évoquait la possibilité de fermer les écoles, et de nombreux parents appelaient l'établissement pour venir y rechercher leurs enfants. Bref, il n'avait pas de temps à perdre avec un père inquiet.

9 h 51. Ma nuque me faisait mal. Assis sur une chaise du salon, j'ai composé le numéro de Paul une bonne dizaine de fois mais je tombais invariablement sur sa messagerie. Je suis descendu à la pharmacie où Léa était occupée avec une cliente.

– Ah, tu es sorti de ta tanière ? a-t-elle plaisanté après avoir servi la dame.

– Tu as entendu les informations ? ai-je répliqué. Elle n'avait pas la radio à la pharmacie mais ses clients ne parlaient que de ça. Il faudrait d'ailleurs s'organiser pour reprendre les enfants à l'école à quatre heures car elle ne voulait pas qu'ils reprennent le métro.

– Il n'y a plus de métro, ai-je dit. Tout est à l'arrêt. Et Paul n'est pas à l'école !

10 heures. On a rappelé son portable, sans succès. Léa relativisait. Je ne tenais plus en place. Il me fallait prendre la voiture et partir en ville à la recherche de mon fils. Bouger. Faire quelque chose. Immédiatement.

– Ne te mets pas dans cet état, a-t-elle dit. Il a séché les cours. Il doit être dans un bar ou au cinéma avec un copain.

Elle avait cette tranquillité qui me manquait tant. Et que j'enviais à ce moment précis. Même si au fond de moi, pour rien au monde je n'aurais voulu vivre dans un corps à ce point paisible, inapte à lui faire ressentir la préciosité et l'urgence d'être vivant.

– Je pars le chercher. Le premier qui a des nouvelles appelle ! Elle m'a jeté un regard condescendant.

– Ne me juge pas ! J'ai quarante ans !

10 h 30. On entendait des sirènes de toutes parts. La ville était en état de siège. Des militaires en armes étaient postés sur les trottoirs des grands boulevards. À la radio, des journalistes survoltés remplissaient

comme ils pouvaient des émissions spéciales. Il y avait dans leurs voix la jouissance du pic d'audience. Une dame, témoin de l'explosion dans le métro de Maelbeek, expliquait au téléphone : « J'étais assise au bout du wagon, à côté de la fenêtre, sur le côté droit. À côté de moi, il y avait une jeune femme asiatique, et devant, un jeune homme qui dormait. En tout cas, je crois qu'il dormait parce que son visage était appuyé contre la vitre. Et puis, il y a eu un immense bruit et les vitres ont explosé. J'ai vu comme une boule de feu en dehors de la rame. Les gens ont crié, certains se sont couchés par terre. Un jeune homme a dit « On va mourir ! » Il y a eu une bousculade. Un homme donnait des coups de pied dans la porte qui refusait de s'ouvrir. Alors, certains sont sortis par les fenêtres. Une fois sur le quai, j'ai réalisé qu'il y avait de nombreux blessés et que le wagon juste derrière nous était éventré. » Le journaliste a enchaîné : « Pardonnez-moi de vous poser cette question qui peut paraître abrupte mais… avez-vous vu des morts ? – Oui. Il y en avait, je ne sais plus, deux ou trois je crois… Je ne sais pas s'ils étaient morts mais ils ne bougeaient plus. Il y avait tellement de fumée, tellement de cris… » Ils ont ensuite donné la parole au responsable des hôpitaux de Bruxelles : « Nous avons rappelé tout notre personnel. Le plan catastrophe est enclenché. La clinique Saint-Jean, l'Institut Bordet, le CHU Brugmann, ce sont en tout vingt-cinq hôpitaux qui accueillent en ce moment les blessés.» Partout dans Bruxelles, des personnes convergeaient vers les centres de soin. Des enfants, des frères, des sœurs, des parents à qui, peut-être, un être aimé avait dit hier soir : «Tu ne m'abandonneras jamais, hein?»

10h44. Un car de police, toutes sirènes dehors, a remonté l'avenue en sens inverse. Ça klaxonnait de partout. N'y tenant plus, je me suis garé sur un terre-plein. Et, le téléphone en main, j'ai couru vers la station.

10h50. La foule était amassée à hauteur des cordons imposés par la police, à une centaine de mètres à peu près de l'entrée. Des micros, des caméras, des badauds qui profitaient presque malgré eux du spectacle. J'ai rappelé mon fils. À cause des arbres disposés au milieu de la rue, j'avais du mal à distinguer la station. Sur la droite, à une trentaine de mètres, je devinais trois taches blanches comme des draps étendus sur le sol. Je n'ai pas prié. Mais j'ai demandé au ciel qu'il ne s'agisse pas de mon fils. J'ai prié peut-être, je n'en sais rien. J'ai toujours été lâche avec Dieu. Sous ces draps, il y avait des fils. Mais pas le mien, pitié, pas le mien. Serait-ce plus juste s'il s'agissait de celui d'un autre? J'ai très vite chassé cette question.

Je n'avais rien à faire ici. L'attentat avait eu lieu deux heures auparavant. Si par malchance, mon gamin avait été pris au piège, il ne serait déjà plus là. Pourquoi toujours penser au pire? Parce qu'on n'a pas le choix. Parce que notre cerveau est fait comme ça. On a beau lutter. Tenter de se persuader que c'est ridicule, que le pire n'arrive jamais, il y a toujours une petite voix qui nous susurre : «Bien sûr que ça l'est. Mais c'est peut-être pour aujourd'hui.» Quoi qu'il arrive, on est battu.

11 h 10. La clinique Saint-Jean où, d'après le responsable, les premières victimes avaient été transportées n'était qu'à une dizaine de minutes. Je tentais de me persuader d'abandonner, de rentrer à la maison. Qu'il était improbable que Paul se soit trouvé à cette heure-là sur cette ligne de métro qu'il n'empruntait pas pour aller à l'école. Mais je n'étais plus à une situation ridicule près. Je venais de passer trois jours entiers enfermé dans les toilettes. Ce n'était pas une balade en voiture à la recherche de mon fils potentiellement déchiqueté qui allait me faire peur. Par chance, je trouvai une place dans une rue adjacente et filai vers l'entrée des urgences. Les caméras de télévision étaient déjà là. Guettant la sortie des premiers blessés légers pour recueillir de nouveaux témoignages. Pour compter les morts,

interroger les médecins, polémiquer sur l'organisation des secours. Chacun avait ses motivations. La mienne était de mettre au plus vite la main sur mon fils. L'entrée était gardée par deux agents de l'hôpital à qui il fallait montrer patte blanche. La salle d'attente était bondée. Des infirmières expliquaient la marche à suivre, parquaient des patients selon une logique qu'elles seules devaient comprendre, criaient très fort les noms de patients qui se levaient et disparaissaient derrière une double porte orange. Elles répétaient de laisser un couloir libre pour le passage des brancards qui continuaient d'arriver. Un jeune homme appuyé contre le mur avait du sang sur sa chemise. Deux femmes étaient enlacées. Certains vivaient déjà le soulagement des retrouvailles alors que d'autres ne pourraient jamais y goûter. Tout ici-bas est injustice. On distribuait des bouteilles d'eau et des couvertures. Pas la moindre trace de mon fils. Après avoir patienté dans la file du guichet principal, je communiquai son nom. « Il n'est pas sur nos listes, monsieur. J'espère que vous le retrouverez vite », a dit la jeune fille après avoir regardé dans son ordinateur. Elle ne savait pas, cette femme-là, que le monde était ligué contre moi.

12 h 25. Il y avait d'autres hôpitaux, d'autres salles d'urgence. J'ai envoyé un message à Léa pour savoir si elle avait des nouvelles. Rien. J'avais besoin de

savoir que mon fils allait bien. Qu'il avait juste séché les cours, le mauvais jour à la mauvaise heure. Une vingtaine de minutes plus tard, j'arrivais à l'hôpital Brugmann. Balayant du regard la salle d'attente où régnait la même effervescence, je l'ai vu. Il était de dos, à une petite dizaine de mètres de moi, debout à côté d'un brancard installé le long du mur du fond. J'ai marché lentement vers lui et, alors que je n'étais plus qu'à deux mètres tout au plus, je me suis arrêté. J'ai regardé sa silhouette d'homme, j'ai contemplé sa nuque.

Les larmes me sont montées aux yeux. Doucement, j'ai posé ma main sur son épaule. Il s'est retourné et m'a fixé : « Je suis désolé. » Sur le lit était allongée une femme d'une cinquantaine d'années, aux cheveux courts et au visage osseux, qui lui tenait fermement la main. « C'est votre papa ? » a-t-elle demandé en regardant mon fils. Il a dit : « Oui. » Des éclats de verre lui avaient visiblement entaillé le front et la joue droite, sa lèvre était ouverte à l'extrémité et on voyait qu'elle avait saigné du nez même si depuis, le sang avait eu le temps de coaguler. Sans lâcher la main de cette dame dont le visage ne me disait rien, il a demandé : « Tout le monde est à la maison ? Tu peux appeler Maman pour la rassurer ? Je dois rester encore un peu… Tu m'attends devant ? » J'avais envie de le serrer dans mes bras pour m'assurer qu'il était vraiment là. Mais il m'a paru évident d'accepter sa demande sans lui poser de questions. En sortant, je les ai observés quelques secondes. Ils s'échangeaient quelques mots. Paul la fixait. Ils se tenaient la main, soudés l'un à l'autre.

Je suis sorti fumer une cigarette. Un journaliste m'a demandé si j'avais retrouvé la personne que j'étais venu chercher. Je n'ai pas répondu.

12 h 33. Il a suffi d'une sonnerie pour que Léa décroche. Elle était soulagée et a demandé à lui parler.

– Il n'est pas près de moi.

– Revenez au plus vite. Je vais essayer de fermer tôt comme ça on mangera tous ensemble.

Le pragmatisme des femmes est une création divine.

12 h 38. J'ai appelé Mollasson. « Excusez-moi, c'est encore le papa de Paul. Je vous appelle juste pour vous dire de ne plus vous inquiéter... Je l'ai retrouvé. Il est avec moi. » Il a répondu : « Très bien. J'en prends note. » Il a ajouté qu'il verrait Paul dès son retour à l'école et a raccroché car il était débordé.

13 h 35. Une bonne heure s'était écoulée. J'avais fait quelques allers-retours discrets vers la salle d'attente

pour y voir à chaque fois le même tableau : Paul, immobile, tenant toujours la main de cette femme. Des brancards allaient et venaient, des blessés étaient appelés un à un, le personnel de l'hôpital se démenait. Un infirmier roux s'est approché d'eux et a entamé la conversation. La femme a tendu ses deux mains vers le visage de Paul et l'a caressé, doucement. Il se laissait faire. Les infirmiers ont poussé la dame vers la double porte orange. Paul est resté une minute de plus tourné vers la télévision éteinte. Puis il s'est retourné et m'a cherché du regard. «Tu as appelé Maman ? Qu'est-ce qu'elle a dit ?» Ce môme habitait encore notre maison, quoi qu'il veuille nous faire croire.

14 h 20. Léa l'a serré dans ses bras, ce que je n'avais pas eu l'occasion de faire. «Tu ne nous refais plus jamais ça !» lui a-t-elle dit avant de lui proposer de prendre une douche, le temps qu'elle fasse chauffer un bol de soupe. Il devait se reposer et s'il avait besoin de parler, nous étions là pour l'écouter. Elle a eu les bons mots et les bons gestes. Ceux que j'avais cherchés et qui n'étaient pas sortis. Coincés quelque part entre lui et moi.

15 h 30. Paul était dans sa chambre. Après avoir débarrassé les toilettes, rangé la malle en bois, enlevé

la radio et ce que j'y avais entreposé en trois jours, je suis parti chercher Élise à l'école. Mollasson surveillait la sortie et tentait visiblement de rassurer les parents. J'ai eu un frisson en voyant son nœud papillon, ses baskets blanches et son sourire d'instituteur satisfait. Élise s'est engouffrée dans la voiture. À l'école, ils avaient parlé de ce qui était arrivé ce matin à l'aéroport et dans la station de métro. Elle n'avait pas vu Paul de la journée et s'en était inquiétée. Je l'ai rassurée. Il était à la maison. En sécurité.

16h45. Quand nous sommes rentrés, Léa préparait des boulettes sauce tomate et Paul était assis sur une chaise devant la télévision. Furtivement, je m'en suis voulu d'avoir brûlé le divan mais il était encore trop tôt pour l'avouer. Après avoir embrassé sa mère, Élise s'est ruée sur Paul et l'a serré. Fort. J'ai fermé la porte qui sépare la cuisine du salon pour les laisser seuls, conscient qu'il n'y a rien de plus précieux au monde que l'oreille d'une sœur.

18h40. On a mangé les meilleures boulettes sauce tomate du monde.

19 heures. J'ai proposé que l'on s'installe dans le salon pour regarder le journal télévisé mais les enfants sont montés dans leurs chambres. Les

réseaux sociaux chauffaient. Il fallait en être, participer à la grande discussion, plutôt que s'asseoir passivement devant la télévision à écouter les comptes rendus des journalistes. Notre Premier ministre voulait « communiquer un certain nombre d'informations ». Il a confirmé la revendication de l'attentat par l'État islamique et a tenu à rendre hommage aux forces de sécurité, au personnel médical et « à tous ceux qui, aujourd'hui, avaient tendu la main pour se rendre utiles ». Après, il y a eu un tas d'images et de commentaires. L'aéroport, le métro, l'enquête qui battait son plein. Le choc. Les blessés. Les morts. L'épreuve.

19 h 16. La télévision a diffusé une image prise quelques secondes à peine après l'explosion dans la station Maelbeek. On y voyait à l'avant-plan, à peine éclairées par les spots muraux du long tunnel, une vingtaine de personnes en train de s'extirper de la rame de métro éventrée. Mon regard s'est posé sur la jeune femme au manteau bleu qui occupait le centre de l'image. Puis sur un couple qui se tenait la main. Et enfin, à la gauche du cadre, sur un homme de dos, accroupi près d'une femme allongée sur les rails. Léa est entrée dans le salon et a dit : « Les enfants ont demandé que tu passes leur dire bonsoir. »

20 h 15. Élise était couchée sur le dos, occupée à fixer le plafond. Je faisais ça pendant des heures quand j'étais gamin. Je me suis étendu à côté d'elle. L'un des plus beaux endroits qui soient. J'ai pris sa main. «Tu veux qu'on parle un peu ?» Elle était inquiète de devoir reprendre le métro le lendemain. Je lui ai dit que, dans un premier temps, je la conduirais à l'école, qu'elle était en sécurité. Que nous étions tous inquiets, tous apeurés, tous malheureux. Mais que l'on était aussi tous ensemble. On a regardé sur son téléphone les images de la Bourse de Bruxelles transformée en mémorial. Les fleurs, les bougies, les petits mots griffonnés sur des bouts de papier ou rédigés à la craie à même le sol. L'un d'entre eux, signé d'une écriture d'enfant, disait : « Nous sommes l'espoir. » Tout autour, des êtres humains. Silencieux et solidaires. Je l'ai embrassée et lui ai répété que si elle avait besoin de parler, nous étions dans la maison et qu'elle pouvait venir quand elle voulait. Elle a dit :

– On pourra, nous aussi, aller déposer des fleurs ?

– Bien sûr, chérie !

La porte de Paul était entrouverte. «Je peux entrer ? » Il a dit « Oui » et m'a montré l'écran de son téléphone. Sur les réseaux, certains avaient remplacé leur photo de profil par un drapeau noir jaune rouge, d'autres exposaient Tintin et Milou la larme à l'œil ou Manneken Pis urinant sur un djihadiste.

J'ai toujours aimé la capacité des Belges à réagir à l'adversité. Nous le faisons avec une sorte de fatalité comique, qui semble dire que rien, jamais, ne nous mettra véritablement à terre. « Je suis désolé de vous avoir fait peur », a-t-il dit. Il n'avait pas à s'en vouloir. Il fallait dormir et on aurait tout le temps de parler de ça plus tard. Avec sa mère, ils avaient convenu qu'il n'irait pas à l'école le reste de la semaine. J'ai levé la main vers l'interrupteur pour éteindre la lumière, il m'a demandé de la laisser allumée encore un peu. Il éteindrait lui-même. Je sentais qu'il luttait contre les larmes. Il a frotté ses yeux du revers de la main pour faire illusion. « C'est normal de pleurer », ai-je dit. Il évacuait enfin la pression de cette journée. Et peut-être celle de l'année écoulée. De son enfance aussi, qui était maintenant révolue. Je suis revenu vers lui et me suis assis sur son lit :

– Ça te dérange si je te prends dans mes bras… Ça me manque, tu sais. On faisait ça tout le temps quand tu étais petit. Je venais dans ta chambre et j'essayais de te faire rire avant de dormir. Je te prenais dans les bras et te disais plein de fois dans l'oreille « Je t'aime mon fils ». Et puis, un jour, ça s'est arrêté. C'est normal. Mais en fait, ça me manque…

Il a dit : «Viens !»

Je l'ai serré, quelques secondes. J'ai mis ma bouche près de son oreille et lui ai susurré les mots les plus importants du monde.

Ensuite, je suis allé dans la salle de bains et, face au miroir, j'ai laissé aller mes larmes. J'évacuais, comme lui, la journée, l'année écoulée et celles qui avaient précédé. On se persuade que l'on peut vivre sans. Mais c'est une erreur. Nous avons viscéralement besoin de la peau des gens qu'on aime.

J'ai fixé dans la glace cet homme grisonnant, ses kilos en trop, ses épaules tombantes, ses yeux fatigués. Il devait avoir vingt ans de plus que moi. Grandir, cela n'existe pas. Le miroir nous renvoie l'image d'un corps à la dérive. On vieillit. Mais on ne grandit pas. On reste coincés toute notre vie au plus bel âge. Celui où l'on claque les portes, où l'on s'exprime avec des mots de moins de six lettres, où l'on en veut à la terre entière de n'être pas compris, où l'on pense qu'il suffit d'un regard franc pour affronter le monde et qu'il est possible d'être aimé juste pour ce que l'on est. Mais on ne mûrit pas. On fait juste semblant. On met des habits trop grands. Mais il reste toujours les mêmes chagrins abominables et les mêmes colères.

Nous devrions tous brandir notre droit à l'irresponsabilité. À nos factures impayées, nos coups de cafard, nos retards au boulot, notre incapacité à rendre les autres heureux et à ranger nos caleçons. Brandir notre droit à la légèreté et à l'imperfection. Ou ne pas s'étonner que, demain, nos enfants perpétuent ce cycle infernal.

21 h 25. Léa m'a annoncé qu'elle allait dès le lendemain consulter une psychologue avec Paul. Il était important qu'il soit encadré et qu'il puisse parler. Elle était exténuée et ne désirait plus qu'une chose : aller se coucher. « Je peux venir avec toi ? » ai-je demandé. Elle a refusé. « Il y a ce qui s'est passé aujourd'hui. Et puis, il y a nous. Moi aussi j'ai besoin de bras. Mais je ne veux pas craquer ce soir et le regretter demain parce que finalement rien n'aura changé. » Elle m'a demandé si je trouvais ça normal de brûler un divan et de m'enfermer trois jours dans les toilettes à quarante ans. Il était temps que je réfléchisse à tout ça. De prendre du temps pour moi si j'en avais besoin, de quitter mon boulot s'il ne me plaisait pas, de revoir en profondeur ma façon de me comporter avec les enfants. Cesser d'être sur leur dos en permanence et

d'attendre d'eux ce qu'ils n'étaient pas. Accepter le fait qu'ils étaient en train de changer et qu'il n'y avait rien à y faire.

Je suis descendu et me suis installé dans les toilettes. Dans le fond de ma boîte à voyages, dissimulée derrière toutes les villes que j'avais documentées, une farde plus ancienne sur laquelle une écriture d'enfant avait titré au feutre noir : « Mes trains préférés ». Sur la première page, une photo de l'Oiseau Bleu qui relia Paris à la Belgique entre 1919 et le milieu des années quatre-vingt. À côté de la photo, mon père avait écrit : « Voitures Pullman ». Je suis resté quelques minutes, paralysé devant la photo, devant mon écriture, devant la sienne. Devant tout ce temps qui avait filé. Et dont il ne restait rien.

J'ai relevé la tête vers la photo de Paul. Ses yeux bleus, son poing déjà serré, sa petite tête enfoncée dans un bonnet beige.

L'accouchement avait été programmé le 30 janvier à 9 heures. Après avoir rempli les papiers d'admission, nous avons été conduits à la chambre, et une demi-heure plus tard, en salle de travail. Le gynécologue est passé nous saluer. L'anesthésiste a ensuite décrété qu'il était trop tôt pour la péridurale et qu'il repasserait une heure plus tard. Léa s'est assoupie dans ses draps blancs. Moi, confortablement installé en face d'elle, j'ai commencé la lecture d'un livre d'Erri De Luca. Sur la première page, j'ai noté : « 30 janvier. On attend Paul... » On était seuls au monde. On était bien. C'était en ce qui me concerne la dernière fois.

Nous avons attendu. L'attente est une composante essentielle de la vie de parent. On attend qu'ils s'endorment. On attend qu'ils terminent la sieste. On attend qu'ils acceptent de se laver les dents. On attend qu'ils s'habillent. On attend à la sortie de l'école. On attend après l'entraînement de football. On attend à la sortie du cours de danse. On attend les résultats du bulletin. On attend qu'ils soient rentrés pour pouvoir enfin s'endormir en se disant que, ce soir encore, tout le monde est vivant dans la maison.

Dans mon livre, je lisais une phrase dont je me souviens encore précisément : « Demain ? Que sais-je de demain ? Ici, il y a tout l'aujourd'hui qu'il faut. » Je la soulignais quand Léa, sortie de sa somnolence, a dit en grimaçant : « Je crois que ça commence. » J'ai appelé le gynécologue qui a lui-même alerté l'anesthésiste. Léa redoutait la péridurale mais, à ce moment précis, ne souhaitait rien d'autre que se faire transpercer en plein milieu de la colonne vertébrale par une aiguille de dix centimètres. Je crois pour ma part n'avoir jamais autant loué le bonheur d'être un homme. Une fois le cycle de contractions passé, l'anesthésiste l'a piquée et, après une quinzaine de secondes, l'a aidée à se recoucher.

En ajustant son oreiller, j'ai passé ma main sur son front en lui disant que le pire était passé. Soudain, ses yeux se sont révulsés, elle a inspiré dans un grand râle, de la bave a coulé de sa bouche et sa langue est sortie.

Le gynécologue a crié «Mademoiselle!». L'anesthésiste lui a saisi le poignet pour vérifier son pouls.

– Rien!

Le gynécologue l'a giflée. L'anesthésiste lui a mis un masque à oxygène et a rempli une seringue d'éphédrine qu'il lui a rapidement injectée dans le bras. Il l'a giflée une nouvelle fois. Il s'est retourné vers moi et a dit :

– Monsieur, parlez-lui! J'ai mis ma bouche contre son oreille.

– Léa, reviens! Léa, je suis là, reviens! Reviens tout de suite s'il te plaît! Il l'a giflée une nouvelle fois.

– Léa, c'est moi. Reviens.

J'ai serré sa main tellement fort que j'aurais pu la lui casser. De l'autre côté du lit, l'anesthésiste avait encore son pouce posé sur son poignet.

– Léa, ne nous abandonne pas. Pitié, reviens…

Elle a ouvert les yeux.

Ils m'ont demandé de m'écarter et l'ont assise à l'aide de coussins. J'ai desserré ma main et l'ai regardée reprendre ses esprits. Ils m'ont fait signe de ne rien dire. Et puis, elle s'est endormie. L'anesthésiste a dit : «Ne vous inquiétez pas. Elle est revenue maintenant. Mais il était moins une!» Quand elle s'est réveillée quelques minutes plus tard, mes lèvres étaient posées contre sa tempe. J'ai dit «Merci…» Elle a demandé pourquoi avant d'être saisie d'une nouvelle contraction. À 11 h 45, Paul était né.

– Le petit, ça va, il ne faut rien vérifier ?
Le gynécologue m'a adressé un sourire rassurant.
– Ne vous inquiétez pas, il est en pleine forme.

Je l'ai pris dans mes bras et lui ai dit que je l'aimais déjà. On ne devrait dire que cela aux enfants. Jusqu'à leurs seize ans au moins. Je suis resté avec le bébé pendant qu'ils emmenaient Léa faire une batterie de tests. À son retour, Paul était endormi.
– C'est vrai ce qu'ils m'ont dit ? Que j'ai fait un arrêt cardiaque ? Tu étais là ? Qu'est-ce qui s'est passé ?
Tout allait bien maintenant, elle ne devait pas s'inquiéter, juste se reposer et profiter pleinement de la merveille qui venait de nous être livrée.

Je lui ai dit : « Tu ne m'abandonneras plus jamais, hein ? » Elle me l'a promis sans comprendre à quoi je faisais référence. Elle était maman. Elle était vivante. Son bébé allait bien. Elle ne se souvenait de rien. Il n'était rien arrivé.

Nous avions donc une fin. Éventualité qui ne m'avait encore jamais traversé l'esprit. Un jour, comme celui-ci, nous allions devoir nous quitter. Notre histoire s'achèverait. Un jour, je ne contemplerai plus le bas de son dos et je ne me réveillerai plus à ses côtés. Nous n'existerions plus. Combien de temps nous restait-il pour profiter l'un de l'autre ? Je l'avais vue morte sur ce lit. J'avais ressenti l'abîme de son absence. Mais elle n'en savait rien. J'étais seul à détenir ce terrible secret : nous n'avions plus devant nous l'éternité.

« Quand est-ce que ça a commencé ? Cette prise de distance avec votre femme ? » Ce jour-là, précisément. J'avais vingt-cinq ans.

De nombreuses perquisitions étaient menées dans Bruxelles et alentour. Des rues étaient bouclées, les sirènes hurlaient, on faisait des minutes de silence, les journaux doublaient leurs ventes. Une photo des assaillants de l'aéroport était largement diffusée. Le diable avait l'allure de jeunes hommes bien coiffés.

Le jeudi, j'ai reçu un appel de Mollasson. Le conseil de classe avait pris des décisions importantes concernant l'avenir de Paul au sein de l'établissement. J'ai posé quelques questions dans l'espoir d'y voir plus clair et éventuellement nous préparer au pire, mais il n'avait visiblement pas que ça à faire :

– On dit donc demain après-midi, quatorze heures à mon bureau. Il est primordial que Paul soit des nôtres. Vous comprendrez qu'il est important qu'il entende ce que nous aurons à lui dire.

Mon fils était chez sa psy, déjà un genou à terre.

Visiblement, l'école était décidée à le mettre au tapis une bonne fois pour toutes. Je l'ai assuré que nous serions au rendez-vous.

J'ai appelé ma psy. Elle m'a reproché d'avoir interrompu nos sessions sans la prévenir. Mais elle a accepté de me voir rapidement.

Le lendemain à 14 heures, nous avons pris place sur un banc installé dans l'étroit couloir devant le bureau de Mollasson. La lumière rouge était allumée. « Patienter ». Le bouton rouge est passé au vert. Nous avons poussé la porte où il était écrit : « Proviseur : M. Schmidt ».

Mollasson nous a indiqué d'une main paresseuse les chaises sur lesquelles nous étions priés de prendre place. Il semblait habitué à ce genre de procédure et enchaînait les gestes avec aisance.

– Tu sais pourquoi je t'ai fait venir aujourd'hui ? a-t-il demandé à mon fils en le regardant droit dans les yeux.

– Je m'en doute, a répondu Paul.

– Très bien, a-t-il dit en tapotant sur le bureau un petit tas de documents pour en faire une pile absolument parfaite. On a tout essayé avec toi. Le dialogue, la punition, les menaces, les programmes d'accompagnement. Mais c'est un échec. Rien de ce que nous avons mis en place n'a véritablement fonctionné et sache que nous le regrettons. Le conseil de classe s'est réuni hier matin. Il a voté ton exclusion.

– Mais nous ne sommes qu'à deux mois de la fin de l'année, ai-je objecté.
– Nous le savons et croyez bien que cela a été discuté avec le conseil.

Paul, les mains sous les fesses, avait les yeux baissés. Le proviseur s'est adressé à lui :

– Paul, pourrais-tu participer à la discussion s'il te plaît ?
– Pour quoi faire ? a-t-il demandé.
– Pour comprendre les raisons de ton exclusion.
– J'en ai rien à foutre. Faites vos trucs.

Je l'ai foudroyé du regard.

– N'y a-t-il pas moyen de revenir sur votre décision ? ai-je tenté.
– Je suis désolé, monsieur. Nos conclusions sont réfléchies et définitives. Je vous invite d'ailleurs à signer tous deux ces papiers.

Il m'a tendu les feuilles qu'il tenait en main depuis le début de l'entretien. Pendant que je les parcourais, il a répété que l'école ne prenait jamais ce genre de décision de gaieté de cœur et que l'exclusion était aussi une opportunité à saisir pour l'élève. Le conseil avait, en raison de la proximité du calendrier de fin d'année, hésité quelque peu mais avait finalement conclu de l'urgence de la sanction car, plus encore que de mettre à rude épreuve la patience des professeurs, Paul perturbait le bon déroulement de la classe et dérangeait les élèves qui voulaient réussir.

– Vous êtes en train de dire que mon fils ne veut pas réussir ?
– Tout dans son comportement nous le démontre !

Je tentai de lui expliquer que mon gamin voulait réussir, tout autant que les autres. Que lui aussi, lorsqu'il se couchait, rêvait d'avoir une belle vie. Il y aspirait comme tous les enfants de la classe, mais n'avait pas encore compris comment s'y prendre. Fallait-il l'exclure parce qu'il était un peu plus lent que les autres à la détente ?

Paul s'était tourné vers moi puis, voyant que Mollasson attendait la fin de mon laïus, était revenu à sa position initiale, les mains sous les fesses, la tête baissée. Je devais tenter autre chose.

– Avez-vous lu Céline ?
– Bien évidemment.
– J'en doute. Il a écrit : « N'en voulez pas aux gens en colère, ils souffrent. » Mon fils n'est pas un monstre à enfermer, monsieur. C'est un adolescent en souffrance, qui ne connaît pas encore la route à prendre. Et vous, quel exemple voulez-vous lui montrer pour qu'il la trouve ? L'exclusion ! Notre société est fondée sur un principe primordial, celui de la supériorité du droit de l'enfant, que vous semblez ignorer ! C'est dans l'intérêt de l'enfant que doivent se prendre les décisions de l'école. Pas dans celui des professeurs. En quoi est-ce constructif de l'exclure à seulement deux mois de la fin de l'année ? À part pour vous, bien entendu, qui vous débarrassez d'un problème.

Il n'a pas réagi.

– Et arrêtez d'essayer de nous faire croire qu'une exclusion peut éventuellement être bénéfique pour l'élève. Car l'exclusion scolaire, monsieur Schmidt, est à l'origine de toutes les autres formes d'exclusion. Si c'est ce modèle que nous imposons à nos enfants, ils le reproduiront. Et il ne faudra pas s'étonner de voir perdurer, demain, une société injuste dont les plus faibles seront encore et toujours exclus !

– Je pense que c'est moi ici le professionnel, a-t-il objecté. C'est donc à moi d'en juger. Je vous le répète, monsieur, nous avons tout essayé.

– Et la bienveillance, vous avez essayé ?

– Je vous demande pardon ?

– Vous dites que vous avez tout essayé… C'est un peu démodé, la bienveillance, je sais, mais il paraît qu'on en retire d'excellents résultats.

Paul a relevé la tête.

– Je vous le répète, nous avons fait de notre mieux !

– Joseph Goebbels aussi a fait de son mieux.

Il y eut un silence.

– De toute façon, a-t-il repris, Paul s'apprêtait à rater son année. Vous avez vu comme moi les derniers bulletins de notes. Il n'a pas le niveau pour réussir dans notre établissement et il y a des retards qui ne peuvent se rattraper. Vous verrez, en lisant le courrier que je vous engage à signer, que le conseil a émis un avis en ce sens. Selon nous, Paul doit se diriger au plus vite vers un apprentissage de type technique où il se sentira plus à l'aise avec la matière.

Paul m'a regardé comme pour dire « Signons et allons-nous en ». Je n'avais pas fini :

– Vous entendez ce que vous dites ? Qui êtes-vous au juste pour décider de mettre des gamins dans des cases alors qu'ils n'en sont encore qu'aux prémices de leur développement ? Vous savez que cela peut être très blessant pour lui ! Si moi, je vous catégorisais dans les personnes moches, vous vous sentiriez blessé, non ?

– Vous vous égarez, monsieur. Les vulgarités et les provocations n'ont pas leur place ici.

– Vous trouveriez cela un peu restrictif… Parce que vous estimez être aussi autre chose que cela. Mais ça pourrait vous toucher. Et si on vous le répétait à longueur de journée, vous pourriez aussi finir par croire que vous n'êtes que cela : un petit homme moche et chauve. Et vous vous demanderiez si c'est pour cette raison que vous n'avez personne à la maison, que votre femme est partie depuis dix ans et que vous n'avez plus baisé gratuitement depuis la chute du mur de Berlin.

– Novembre 1989, a dit Paul.

– Vous avez vu ! Il connaît son histoire !

– Je crois qu'il est temps de mettre un terme à cet entretien.

– Pourquoi elle vous a quitté, votre femme ?

– Bien. Je crois que nous nous sommes tout dit.

– Moi, ma femme, elle veut me quitter aussi. Enfin, je crois. Parce que je ne parviens pas à gérer mon fils. Parce que j'attends trop de lui. Parce que je suis tout le temps sur son dos. Parce que je suis tombé dans le même piège que vous. Parce qu'on m'a dit que c'était comme ça qu'il fallait procéder !

Mollasson a fait glisser les feuilles vers nous en les faisant pivoter. Paul a parcouru le document sans le lire et l'a signé. J'ai fait de même.

Il a récupéré les documents, s'est levé sans dire un mot et nous a indiqué la sortie.

Nous marchions dans le couloir. Il fallait maintenant annoncer la chose à Léa, trouver une nouvelle école, repartir sur d'autres bases. En espérant que, quelque part, il existait une âme bienveillante qui le prendrait sous son aile et lui donnerait le temps de pousser sans trop le contraindre. La directrice est sortie de son bureau. J'ai posé la main sur l'épaule de Paul et lui ai dit : «Te voilà débarrassé d'eux.» Il s'est retourné pour regarder une dernière fois le long couloir qu'il empruntait chaque jour depuis quatre ans. J'avais envie de m'excuser auprès de lui pour toutes les fois où j'avais appuyé les décisions de ces gens-là.

Toutes les fois où je m'étais trompé. Mais je ne l'ai pas fait. Ce n'était pas le moment et pas l'endroit. J'avais beaucoup à lui dire et à lui expliquer. Beaucoup à me faire pardonner. Il nous faudrait du temps.

En voiture, Paul a enfilé ses écouteurs et a mis trop fort une musique que je ne comprenais déjà plus alors que je n'avais que quarante ans. J'ai roulé.

Devant la maison, le moteur coupé, je lui ai fait signe d'enlever ses écouteurs.

– Tu ne racontes pas à Maman tout ce que j'ai dit à Schmidt, hein ? Elle m'en veut déjà à mort pour le divan !

– C'était toi, la griffure sur sa caisse…

Je lui ai rendu son sourire.

Une fois Paul et Élise couchés, nous nous sommes installés sur les chaises du salon, nos ordinateurs portables posés sur les genoux. Léa a commandé des vêtements aux enfants. Réflexe habituel de survie quand elle a besoin de faire redescendre la pression. Puis elle s'est mise à la recherche d'une école pour Paul. J'ai traîné une demi-heure sur les réseaux sociaux, avant de me lancer dans la lecture d'articles sur le renvoi scolaire. En Belgique, celui-ci avait triplé en l'espace de dix ans et personne ne semblait s'en soucier. Une étude officielle pointait les motifs d'exclusion prévus par le législateur : coups et blessures en tous genres, introduction dans l'enceinte de l'école ou ses alentours d'armes ou de drogue, racket ou encore agression sexuelle. Notre fils n'avait commis aucune de ces fautes. Il avait été expulsé en raison de l'addition de faits mineurs. Cela mettait légalement l'école dans son tort. J'ai expliqué ma découverte à Léa, qui l'a trouvée insignifiante.

Voulais-je me battre pour remettre mon fils entre les griffes de ces gens ? Intenter une action légale qui les obligerait à le réintégrer alors qu'ils n'en avaient aucune envie ? Elle ne se battrait pas pour ça. Elle avait cette force : l'art de mener les bons combats. De ne jamais se tromper d'ennemi.

Comme toujours, elle allait se démener pour trouver à notre fils la meilleure alternative possible. Elle allait compulser, comparer, peser. Et finalement, trancher. Qualité dont j'étais absolument dépourvu. J'avais deux enfants. Elle en avait trois et ne s'en plaignait que très rarement.

Peu avant d'aller nous coucher, je l'ai rejointe dans la buanderie. Elle s'est tournée vers la machine à laver pour cacher ses yeux pleins de larmes. Je me suis blotti dans son dos et lui ai dit :

– Ça va aller. On est tous là. Je suis désolé. Elle a mis sa main sur la mienne. Je l'ai serrée contre moi. On n'a rien dit d'autre. Pour une fois, on a laissé parler nos mains et c'était bien.

Je suis arrivé confiant chez ma psy. Je me suis installé dans la salle d'attente. Excité, je répétais en silence la façon dont j'allais lui apprendre la bonne nouvelle. J'avais enfin une réponse à sa question. Je me suis emparé d'un magazine féminin qui traînait sur la table basse et j'ai entamé la lecture d'un article intitulé « 6 trucs pour être la plus belle sur la plage cet été ». Puis, j'ai pris *Le Soir* dont la Une affichait une photo diffusée à la télévision le soir des attentats, prise quelques minutes après l'explosion du métro dans la station Maelbeek. Mon regard s'est à nouveau posé sur la femme au manteau bleu qui occupait le centre de l'image. Sur son visage déterminé. Le journal renvoyait à l'article à l'intérieur de ses pages. En réalité, une série de témoignages de rescapés. Dont celui d'une femme.

« Il y a eu des cris. Et puis, le noir. Le noir total. »

Le 22 mars, Marianne Vander Elst, mère de trois enfants, se rendait à son travail. Témoignage.

« Cela fait quinze ans que chaque matin, j'emprunte la même ligne de métro. Le magasin ouvre à dix heures. Mais j'aime arriver un peu plus tôt. Le temps d'ouvrir le courrier, de remettre un peu d'ordre et de boire un café. Ce matin-là, un ami m'avait appelée pour me dire qu'une explosion avait eu lieu à l'aéroport de Zaventem. J'étais assise sur un strapontin près de la porte, occupée à surfer sur mon téléphone pour en savoir plus sur les événements de l'aéroport. Quand soudain, j'ai été projetée à terre par le souffle de l'explosion. J'ai eu l'impression que la voiture se soulevait des rails. Il y a eu une autre déflagration dont je n'ai bizarrement pas subi le choc. Une énorme lumière blanche. Des cris. Et puis le noir. Le noir total. Et un sifflement dans les oreilles. Au milieu des cris, j'ai entendu distinctement la voix d'un homme : "Sortez, sortez !" Mais je ne pouvais pas me relever. Je ne me rappelle même pas y avoir songé. J'étais allongée sur le sol. Et je sentais sur moi des débris. Des passagers ont allumé la lampe torche de leur téléphone. J'avais du mal à respirer à cause de la poussière. Le conducteur est arrivé, a dit de sortir de la rame et de marcher le long du mur du tunnel pour rejoindre la station. On m'a marché dessus. Je suis restée là quelques minutes, je crois. Ma jambe me faisait mal. J'ai pensé à mon mari et à mes petites chéries. Je me souviens avoir porté la main à l'arrière de mon crâne et l'avoir vue ensanglantée. Puis, mon regard s'est posé sur une forme que je n'ai pas tardé à identifier. C'était un bras. Séparé de son corps. J'ai fermé les yeux.

Il y avait moins de bruit, moins de cris. Deux hommes sont arrivés et ont soulevé le bout de tôle qui s'était abattu sur moi. L'un d'eux est reparti à l'arrière du wagon. L'autre m'a aidée à me relever. Il a passé son bras sous moi et m'a emmenée sur les rails. Là, dans l'obscurité, je me suis à nouveau effondrée. Alors, l'homme s'est accroupi et a dit : "Ne paniquez pas. C'est fini. Je vais vous aider à sortir." Il m'a prise sur son dos et a grimpé les marches qui menaient à la sortie. J'ai peu d'images de ce moment-là. Sinon celle de me réveiller, allongée sur le trottoir. Et de voir pour la première fois son visage. Celui d'un magnifique jeune homme d'à peine quinze ou seize ans.»

La porte du bureau de la psy s'est ouverte. Jean moulant et petite blouse blanche.

– Ça faisait longtemps ! Entrez ! a-t-elle dit.

J'ai glissé le journal sous mon bras et lui ai simplement répondu :

– Non. Pas aujourd'hui.

Et je suis parti. J'ai nerveusement repris la lecture de l'article sur le trottoir.

« Les services d'urgence sont arrivés. Le jeune garçon me tenait la main. Je ne pouvais pas le lâcher, même quand l'ambulance est arrivée pour me transférer à l'hôpital. J'étais accrochée à lui. Incapable de me séparer. Il est resté avec moi jusqu'à la salle d'attente des urgences. Il n'a pas dit grand-chose. Il s'est contenté d'être là. De me donner ce dont j'avais besoin. Une main dans la mienne. Après un certain temps, des médecins sont arrivés et m'ont emmenée au bloc opératoire. Je lui ai alors lâché la main. C'était un merveilleux garçon… »

Je suis entré dans un bar. J'ai demandé un café et l'emplacement des toilettes. Installé sur la cuvette, j'ai à nouveau regardé la photo. Dans l'obscurité du métro, à peine éclairée par les spots muraux du tunnel, la dame au manteau bleu. À côté d'elle, un couple se tenait la main. Et puis, à la gauche du cadre, un homme de dos, accroupi près d'une femme allongée sur les rails. Sa nuque. J'ai posé un doigt tremblant sur la photo. Et j'ai regardé longtemps mon fils, agenouillé, qui, ce matin-là, avait cessé d'être un enfant.

J'ai longuement déambulé dans les allées, testant l'assise, analysant les prix, les revêtements, les dimensions, les structures. Le vendeur me regardait du coin de l'œil mais, en bon chasseur, il attendait le moment opportun. Il s'est enfin approché de moi : « C'est la deuxième fois que vous testez celui-ci », m'a-t-il dit alors que j'étais assis dans un divan d'angle anthracite avec un astucieux système de rangement sous la banquette centrale. Détail qui, j'en étais certain, plairait à Léa. « Une maison est toujours plus agréable à vivre lorsque tout est à sa place », a-t-il ajouté. Le magasin mettait à disposition une camionnette pour tous les achats dépassant mille euros. Il me faudrait juste la retourner avant le lendemain matin, 10 heures. Un service bienvenu.

Une fois le canapé chargé dans le véhicule, le vendeur m'a tendu la main : « Très bel achat, monsieur.

C'est madame qui va être contente ! » J'ai pensé une fraction de seconde lui présenter ma psy. Ils avaient en commun cette étrange manie de toujours diviser le monde en deux. Mais j'étais pressé de rentrer chez moi. Au volant, j'anticipais avec une certaine jouissance l'effet qu'allait provoquer ma surprise. Il était temps de remettre du sourire dans cette maison. Et de façon plus pragmatique, un endroit où s'asseoir pour regarder la télévision. Sur ce sujet, mon avis n'avait pas changé : il ne faut jamais sous-estimer l'importance du divan dans la vie de famille.

À peine garé, les enfants se sont précipités vers la camionnette. Et m'ont aidé à transporter le canapé dans le salon. Une fois déballé, Élise a dit à son frère : « Regarde, on peut planquer des trucs sous la banquette. » Elle a ouvert tous les tiroirs et a testé toutes les assises. Pour finalement décréter que le siège d'angle du fond serait sa place attitrée.

Léa est remontée de la pharmacie et a trouvé le divan très à son goût. Elle m'a félicité pour les bacs de rangement.

Pour célébrer l'événement, on a mangé des boulettes sauce tomate. Après, on a regardé un film débile choisi par les enfants. Au générique de fin, ils sont montés se coucher. Comme d'habitude, je leur ai emboîté le pas. Élise adorait notre nouveau canapé mais s'inquiétait pour ses examens de fin d'année. Je lui ai dit : «L'important, chérie, c'est juste de faire de son mieux. Allez, bonne nuit, dors bien.» Je l'ai embrassée.

La porte de Paul était entrouverte. J'ai enjambé les vêtements qui traînaient sur le sol et, sans dire un mot, me suis assis sur son lit.

– Faudrait penser à ranger, hein, parce que bientôt, il y aura des bêtes…

– Je le ferai demain !

– Ça va, toi ? ai-je doucement tenté.

– Oui !

– Et avec les filles, ça va comment ?

– Ça va, a-t-il souri.

Ne sachant comment aborder le sujet, je lui ai simplement tendu le journal qu'il a d'abord regardé d'un air dubitatif. Mais à la vue de la photo, son visage s'est figé.

– À l'intérieur, il y a le témoignage d'une dame qui se trouvait dans le métro qui a explosé, ai-je expliqué. Elle a été sauvée par un ado. Elle dit que c'est un merveilleux garçon…

Il s'est emparé du journal sans quitter la photo des yeux et s'est retourné. J'observais sa nuque, son dos, plus musclé que je ne l'imaginais.

– Je peux le garder ?

– Oui. Et si tu veux en parler, je suis là.

– Je préfère une autre fois.

Je me suis levé et sur le seuil de la porte, j'ai murmuré son prénom. Il s'est retourné. J'ai alors prononcé quelques mots que j'aurais dû lui dire beaucoup plus tôt :

– Je suis fier de toi.

Dans le salon, Léa était occupée à son puzzle.

– Paul aimerait que tu montes le voir, ai-je menti.

– Deux minutes, j'ai presque fini.

Elle tenait dans sa main les quatre dernières pièces du puzzle qu'elle a rapidement posées. «Voilà», a-t-elle dit en contemplant le perroquet. Puis elle a démonté le travail de plusieurs mois et rangé les deux mille pièces dans leur boîte.

– Il veut que tu montes…

– J'y vais.

J'ai ouvert une bouteille et me suis servi un verre. Vieux réflexe oublié depuis trop longtemps.

Léa est redescendue une heure plus tard, s'est dirigée vers moi et a posé un doigt devant sa bouche. Je lui ai tendu mon verre. Nous avons bu en silence.

– On monte ?

J'avais l'impression d'entendre cette phrase pour la première fois. Je me suis étendu à côté d'elle, sur les draps. Je brûlais de lui parler de Paul. De nous. Mais je me suis tu.

Elle a caressé mes cheveux comme je l'avais vue faire mille fois à nos enfants lorsque, la nuit, après un vilain cauchemar, ils ne parvenaient plus à s'endormir.

Quand j'ai ouvert les yeux, le jour n'était pas encore levé. Après m'être retourné plusieurs fois à la recherche d'un sommeil qui ne viendrait plus, j'ai enfilé un pantalon et suis allé chercher des viennoiseries. À mon retour, j'ai parcouru ma bibliothèque à la recherche du livre d'Erri De Luca. Le passage que je lisais au moment de la naissance de Paul était souligné. Les enfants sont descendus une demi-heure plus tard. Élise est entrée dans la cuisine en traînant les pieds. Les yeux mi-clos, elle s'est assise sans dire bonjour et a dit : «Y a pas de croissants ?»

J'ai poussé vers elle le sac en papier de la boulangerie :

– Tiens, y a des pains au chocolat.

– J'aime pas les pains au chocolat ! Elle a bâillé et a imploré sa mère de lui griller deux tartines.

– Tu en fais une tête, ai-je osé

– Lundi, j'ai une interro en histoire, ça fait chier !

– Tu peux faire attention à ton vocabulaire ?
– Ça me fait chier, ça me fait chier ! Qu'est-ce que tu veux que je te dise ?

Léa a demandé s'il était envisageable de ne pas évoquer l'école au petit déjeuner. Élise a mis une couche d'un demi-centimètre de chocolat sur sa tartine et a réclamé du jus d'orange. Sa mère lui a tendu la bouteille de jus de pomme bio.
– J'aime pas le jus de pomme.

– C'est quoi ton contrôle ? Je peux t'aider ce matin si tu veux, ai-je proposé.
– Faut connaître la ligne du temps.
– 1492 ?
– Quoi ?
– Qu'est-ce qui s'est passé en 1492 ?
– On ne peut pas faire ça après le petit déjeuner ? a demandé Léa.
– Tu ne sais pas ce qu'il s'est passé en 1492 ? a interrogé Paul.
– C'est pas le truc avec Christophe Colomb qui découvre l'Amérique ?
– Si, très bien ! Tu vois que tu connais, a dit Léa, heureuse de clôturer le dossier scolaire du matin.
– Sauf qu'il ne l'a pas vraiment découverte, me suis-je permis de préciser.

Tous les regards se sont tournés vers moi.

– En fait, il n'a pas découvert l'Amérique, ai-je poursuivi. Quand, en 1492, lors de son premier voyage, il accoste aux Bahamas puis à Cuba, l'Amérique est déjà peuplée de millions d'habitants. En réalité, ce sont les ancêtres des Amérindiens qui sont les véritables découvreurs de l'Amérique. En plus, Christophe Colomb n'est même pas le premier Européen à poser le pied en Amérique. Cinq cents ans auparavant, vers l'an mille, les Vikings ont mené plusieurs expéditions à travers l'Atlantique, et en poussant au-delà du Groenland, ils sont arrivés au Canada. Mais bon, il faut dire que c'est Christophe Colomb qui a découvert l'Amérique.

– Mais pourquoi si ce n'est pas le cas ? a demandé Élise la bouche pleine.

– Je ne sais pas moi, demande à ton prof !

– Bon, il l'a découverte ou pas ? s'est-elle énervée.

– Non. Mais la bonne réponse est oui.

– Tu m'embrouilles avec tous tes trucs ! Je dois dire quoi moi alors ?

– Pour gagner des points ou donner la bonne réponse ?

– Pour gagner des points.

– Dis-leur ce qu'ils veulent entendre, chérie.